帰ってきた日々ごはん⑥

高山なおみ

帰ってきた 日々ごはん⑥

もくじ

＊おまけレシピ

装画、章扉イラスト、写真と手描き文字　高山なおみ
カバー、扉、アルバムなどのデザイン　スイセイ
編集　村上妃佐子、浅井文子
編集協力　小島奈菜子
造本　アノニマ・デザイン

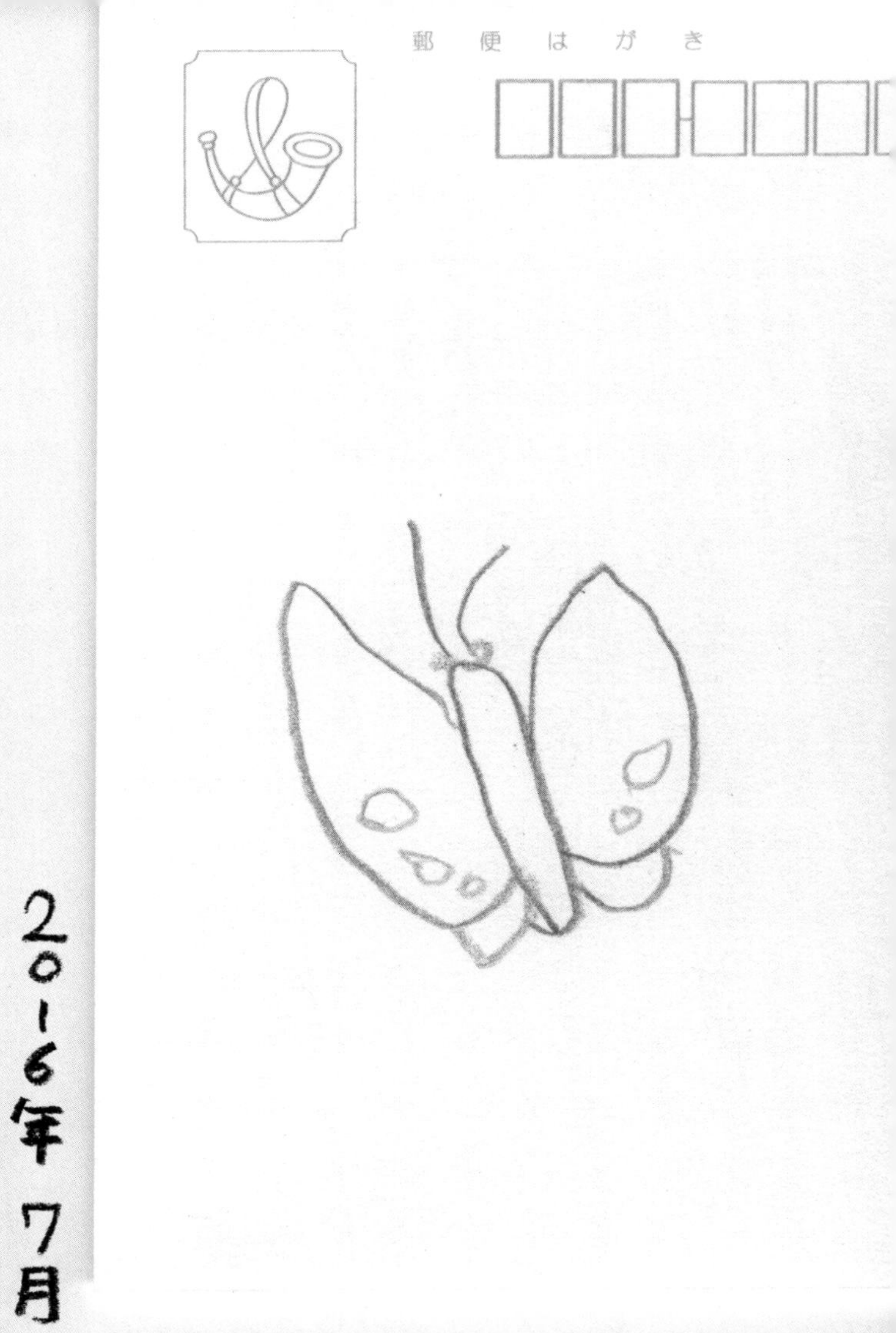

はじめて感じたような気がする。

七月二日（土）晴れ

六時半に起きた。

空が青い。

『とと姉ちゃん』を見ながら朝ごはんを食べ、たっぷり洗濯。

月曜日から東京に行くので、着替えなどを支度する。

ちょっと、旅行にでも出かけるみたいな気分。

いそいそと支度する。

午後からは、『帰ってきた日々ごはん②』の最終校正。

もう、さんざん見直しをしてきたので、直すところはほとんどないのだけど。

「あとがき」も書きはじめた。

夜ごはんはお弁当にするつもり。

四時くらいにおかずを作り、詰めてしまう。

キッチンに立ち、ときどき海を眺めながらやった。

今日の海は、かなりの青さ。

窓辺の椅子に腰掛け、校正の続きをはじめるも、あんまり海が青いので、白ワインの炭酸割りを呑みはじめてしまう。

お弁当
人参と胡瓜の塩もみ

どこかの教会の鐘が鳴っています。

夜ごはんは、お弁当（卵焼き、「かもめ食堂」のひじき煮&うずら豆の甘煮、冷凍しておいたハンバーグ。緑色のおかずがなかったので、ご飯の上に青海苔をふりかけた）、人参と胡瓜の塩もみ。

七月五日（火）曇り

きのう上京した。

吉祥寺に着いて、バスに乗って、下りて、マンションの下の公園のところあたりで、てん、てんと、地面に黒いしみをつけるほどの大粒の雨が降り出した。

玄関のドアを開け、スイセイがひとりで暮らしている部屋の様子に驚いている間に、どしゃぶりとなった。

助かった！

スイセイは留守。

この部屋のおもしろさを何と言おう。

神戸に引っ越してからひと月半あまり、吉祥寺の家の中がどんなことになっているのか、本当をいうと私は想像するのが怖かった。

きっとスイセイは、掃除をしてないだろうし、洗濯機も冷蔵庫も私が持っていってしまったから、汗くさい匂いや、食べ物の傷んだ匂いがするかもしれないと覚悟していた。

けれども、そんなことはまったくなかった。

スイセイならではの秩序で掃除された部屋（雑巾がけはしてないみたいだったけど）。台所もお風呂も、洗濯のシステムも、うちの中すべてがザ・スイセイになっていた。

全体的には町工場《こうば》みたい。

こうじょうではなく、こうば。

やりかけの書類が、大テーブルにずらりと並べたままになっていたり、ネジ釘の類がサイズ別に箱に区分けされていたり。

紙がとり出しやすいよう、ペットボトルを切ったのがティッシュの箱の下にはめ込んであったり。

あと、丸椅子の上に板を置いただけのサイドテーブル（ここが時計の定位置らしい）とか。

神戸にガスオーブンを持ち出してしまったあとのキッチンは、ぽかんと空いたところに板が渡され、電熱器がひとつだけ。どういう仕組みなのかよく分からないのだけど、ぶら下げられる時計とコードがつながって、時間がくるとスイッチが消えるようになっていた

(その間、スイセイが自分の部屋でパソコンに向かっていても大丈夫なように)。

食器棚に置いてある器は、ステンレスのものか、キャンプ用のコッヘルのみ。

箸もステンレス。コップはプラスチック。

すべてがシステム、すべてが工作……という感じ。床はちょっとざらざらしているけれど、スリッパをはけば大丈夫なのだ。

山の家で採れた梅で、梅干しも漬けてあった。

スイセイは、ずっとこういう生活をしたかったんだよな。

よく私なんかと一緒にいてくれたなあ。

今までずっと、がまんしていたんだろうな。

私は自分のしたいことだけして、スイセイのことを、ずーっと押さえつけていたんだ。

きのうは、荷物を家に置いたあと、「ポレポレ坐」に原画の搬入の様子を見にいって、絵描きの中野さんやきさらちゃん、ブロンズ新社の方たちとごはんを食べ、終電のひとつ前くらいで帰ってきた。

スイセイはもう寝ていて、玄関の電気だけがついていた。

私はお風呂に入り、これまで自分の仕事部屋だったところに布団(毛布を折りたたんだものにシーツをかけた)をしいて、ダンボール箱やわけの分からない荷物に囲まれながら寝た。

朝七時ころに起き、トイレのついでにのぞいたら、スイセイは自分の部屋でパソコンに向かっていた。

黒ぶち眼鏡に坊主頭。

タルホ（稲垣足穂）みたい！

なんて、頑丈そうな横顔。

考えの頑丈さが、顔や体にはみ出している。


ここから先の日記は、東京滞在中の何日目に記したのか不明。

毎日、どかどかといろんなことが起き、積み重なって、落ち着いて日記が書けないので、感じたことを忘れないよう、箇条書きのようにパソコンに打ち込んでいました。

それをちょっと並べてみます。


駅で電車を待っていたときのこと。

東京は、音が大きい。

耳のすぐ近くで声がする。

東京にいたとき、私は耳の穴をとじて、音があまり入ってこないようにしていたかもしれない。

電車の中で、荷物がぶつかったりすると、前にいる人が執拗にふり返る。靴の先がほんのちょっとぶつかっただけでもそう。そのたびに私は、「ごめんなさい」と笑顔で謝った。

でも、ふり返ったその人は、別にイライラしたり怒ったりしているわけではないみたい。危険を察知できるよう、いつもビクビクして、自分の身を守ろうとしているだけなのかもしれないと思った。

東京の電車の中は、いつ何が起こるか分からないから。

座っている人たちは、十人中九人がスマホをやっていて、ゲームをしたり、テレビを見ている人もいた。

まるで、そこに自分がいることを、感じないようにしているみたい。

二時からは、えほんラジオ（絵本作家の加藤休ミちゃんと、「ウレシカ」の店主ダイ小林さんが通信している番組）。

そのあと、新聞の取材を一本と、打ち合わせ。

口のまわりにぶつぶつができた。

私は、東京が怖い。

自分がどこにいるのか分からない。

私は本当に、神戸に住んでいたんだっけ。

もしかしたらまだ、体の半分は吉祥寺に住んでいるのかな。

次の日、新聞の取材と打ち合わせ。

一日空けて、次の日、「百年」のイベント前に打ち合わせ。

帰りの深夜バスで、若い女の子が寝ていた。

首をガクンと前に倒し、ぐっすり眠っていた。

とてもくたびれているみたいだった。

私はその女の子の後ろに座って、クリーム色のブラウスの穴を見ていた。

襟ぐりのところが、一ヶ所だけ丸くくりぬかれた可愛らしいブラウス。

丸くくりぬかれたそこにある肌は、女の子が寝ていると、ぐったりと死んでいるみたいに見え、女の子が起き上がると、生き返った。

私がバスから降りたとき、バスの口から、夜に吐き出されたみたいな感じがした。

降りたとたんに、すごい勢いで走り出したから。

東京のバスは先払いだけど、神戸のバスは降りるときにお金を払う。

運転手さんは、降りるひとりひとりのことをちゃんと見てくれる。止まるのも、走り出すのも、もっとずーっとゆっくりしているから、そっちに慣れてしまったのかも。

イベント（絵本『どもるどだっく』のための）は、「百年」のも「ポレポレ坐」のも、とってもとっても楽しかった。

ちよじが、くんじ（二歳になる息子）を連れてきたり、「クウクウ」マスターも見にきてくれて、とても嬉しいことを言われたり。

中野さんのお友だちや、絵本の編集者にもたくさん会って、私はどんどん元気になり、最後の晩は、きさらちゃんのアパートに泊めてもらった。

きさらちゃんと中野さんの寝息を聞きながら寝ていたら、窓がだんだん明るくなってきて、カラスの声や、小鳥の声、ゴミを集める車の音がした。

隣の部屋の人のドアがパタンと閉まって、前の道をカツカツと歩いていく音がした。

人や街の立てる音が、すぐ近くで聞こえた。

なんだか、そういうものすべてに自分が守られている感じがした。

東京というところは、誰かに助けられたり、助けたりしながら、街や電車やお店にも助けられながら、絡まり合いながら生きている。

頼ったり、甘えたり、力をかしたり、声をかけたり、笑ったり、泣いたり、落ち込んだり、くたびれたり、這い上がったり。

そんな気がした。

私は東京にいるとき、自分ひとりで何でもやっているような気で生きていた。

スイセイにも、編集者にも、仕事仲間にも、友だちにも、ずいぶん助けてもらっていたのに、そういうこと、きっとちゃんとは分かっていなかった。

私のことなんか、誰も支えてくれないと思っていた。

支えてくれていると信じてしまっては、いけないような気がしていた。

私はわがままだから、そんなの、おこがましいような感じがしていた。

神戸の家は、山や森や海や風が近くにあって、葉っぱがこすれる音だとか、鳥や動物たちの気配、そういうものたちに私は支えられているのだけど。

そうかあ。東京も、そういうことと一緒なのかもしれないと思った。

きさらちゃんと楽《らく》ちゃんも、中野さんが紹介してくれたたくさんの友だちも、毎日顔を見せてくださったブロンズ新社の方々も、佐川さんも、みんな驚くほど支え合いながら生きていた。

そういうことが、ちゃんと目に見えていた。

私も、その仲間に入れてもらえるよう、これからがんばろうと思う。

七月十七日（日）
曇りのち晴れ、のち曇り

ゆうべは、夜中にいちど目が覚めて、それからは眠っているんだか起きているんだか。

ぼうっとしたままお腹に手を当て、窓の外の音を聞いていた。

柱時計が四つ鳴って、五つ鳴って、鳥なのか、虫なのか、葉っぱなのか、樹の幹なのか、生き物がたてている音がして。

柱時計が六つ鳴ったころ、ザーーッと雨が降り出した。

しばらくして雨は止み、小鳥の声がし、蝉が鳴き、カラスの声がし、六時半にいつものカウベルの音が近づいてきた。

それは、茶色い小犬を放し、近所のおじさん（前に、登山口のことを教えてくれた）が散歩してる音。

その音を聞いて、安心して眠ったような気がする。

十時近くまで。

とてもよく眠ったのだけど、眠りながら私はずっと考えていた。

主には孤独について、だろうか。

きのうは、芦屋にある本屋さんで、『ハリネズミの願い』という本の翻訳をなさった、長山さきさんとトークをした。

オランダに住んでいるさきさんは、私の『日々ごはん』や『記憶のスパイス』を毎晩寝る前に五分だけ、ベッドの中で読んでくださっているそうだ。

子どものころのことなど、たくさん話してくれて、私ははじめてお会いするさきさんの中に、自分を重ねるようにして聞いていた。

さきさんは、鈴が鳴るような、三角形の金属の楽器（トライアングルだっけ？）が鳴るような、女の人らしいとてもいい声をしてらした。

そして、ひとつもウソをついていないと分かる声と、目の動き、表情。

小さいころのさきさんは、誰とも口をきかず、いつもひとりで遊んでいて、「へんな子」と呼ばれていたとか。

頭の中に、架空の友だちがいたとか。

言葉もままならないのに、二十代で単身オランダに乗り込み、今でも思い出したくないほどの、たまらない孤独を感じていた、最初の六年間のこととか。

翻訳の仕事をしていて、いい訳が浮かんでくるときには、頭と天がつながって、上の方から言葉が下りてくるような感じになるんだとか。

トークショーが終わって、さきさんの幼なじみの友だち（彼女が私の本をオランダまで送ってくださったのだそう）と、新潮社の編集者と女四人でごはんを食べた。

三人とも私と同世代（たぶん、私の方が五つくらい上だけど）で、さきさんには二十二歳の息子さん、友だちには中学生と高校生（間違っていたら、ごめんなさい）のお子さん、編集者には中学生の娘さんがいる。

さきさんがトークのときから羽織っていた、青と緑が混ざったきれいな色のシャツは、「息子のを借りてきたんです」。

「パパは、ホテルのコックをやっているから、お肉を焼くのが上手いんです」とか。

さきさんの話のそここから、大好きな翻訳の仕事を夢中でやりながらも、家族のことをいちばんに思っている様子が伝わってきた。

私は、三人が話している声、ちょっとした表情の隙間に、それぞれの暮らしの様子を思い浮かべながら聞いていた。

さきさんの友だちにも、編集さんにも、愛する旦那さんと家族がいる。

羨ましいというのではないのだけど、家族のいない私には、眩しいような感じがしながら聞いてた。

みなさんと別れ、芦屋の駅から六甲道まで電車に乗って、六甲まで歩き、坂道を上って急坂の手前でタクシーを拾い、うちに帰ってきた。

運転手さんは、とても感じのいいおじさんだった。

お風呂に入って、夜景を眺め、バタンと寝た。

淋しいというのではないのだけど、そんな夜だった。

寝ながらずっと考えていたのは、自分の穴のこと。

私にはたぶん、大きな穴が開いている。

体の奥のどこか、えぐれたようになっている。

これまでは、この人と死ぬまで一緒にいれば、自分の穴は大丈夫だと思い込み、スイセイの隠れみのの下で生きてきた。

でも、いつかはこの穴を、自分の力で埋めないと。

きっと私は、それをしに神戸へやってきた。

新しい人たちに出会うのはとても楽しく、嬉しく、興奮することでもあるけれど、自分の足りなさ、自分のえぐれに触ることでもある。

もしかしたら、中野さんに出会って、絵本の物語が次々と生まれているのは、そのえぐれと関係があるのかもしれない。

生みながら私は、少しずつ穴を埋めるようなことをしている。

みんなの穴は、どんなだろう。

大きさは違えど、みんな穴を抱えながら生きているのかな。

その穴と、どんなふうに折り合いをつけ、生きているんだろう。

私の穴は、もしかしたらいつまでも埋まらないかもしれない。

でも、孤独だけど、ひとりぼっちではないのだから、そうやって少しずつ穴を埋めながら、絵本もどんどん書いて、前よりはましになって、年をとっていく自分の体をいたわれるようになればいい。

ひとつひとつ、お腹の中で確かめながら、つらつらとそんなことを考えていた。

もしかして、こんなことを考えたり感じたりするのは、『ハリネズミの願い』を読んだからなのかな。

本の世界をまるごと翻訳した、さきさんの生身の体にお会いしたおかげで、そんなふうになったのかもしれない。

私はまだ、『ハリネズミの願い』をおしまいまで読んでない。

また最初に戻って、毎晩一章ずつ読んでいくのが愉しみだ。

というわけで、今日は汗をいっぱいかきながら坂を下り、美容院へ。

「かもめ食堂」でおいしいお昼ごはんを食べ、ふたりとお喋り。

六甲道の駅ビルで、ずっと欲しかった長靴を買って帰ってきた。

夜ごはんはなし。

ゆうべは牛肉のステーキをしっかり食べたし、お昼も三時ごろだったので。

二階にクーラーを入れ、ベッドの上で涼みながら日記を書いていたら、中野さんから電話がかかってきた。

できかかっている中野さんの絵本(『旅芸人の記録』として、二〇一八年にご自身のレーベル「くちぶえ書房」から刊行しました)を、耳もとで読んでくださる。

懐かしいような、とてもいい声。

それはそれは、ブラボーなお話。

今夜は、海のうんと高いところに、ぽっかり月が出ています。

七月十九日(火)快晴

今朝は八時ぎりぎりに起きて、『とと姉ちゃん』。

朝ごはんはプラムとトマト、大根と胡瓜の塩もみだけ。

ハムもトーストも食べない。

東京にいる間、ずっと野菜不足だったから。

きのうは夕方になってからも、海と空が青いままだった。

京阪神エルマガジン社の村瀬さんからのメールで知ったのだけど、関西地方はきのう、梅雨明けしたみたい。

こんなに海が真っ青なのは、とてもめずらしいこと。

よほど空気が乾燥していたのだな。

きのうあたりから私は、ようやく神戸の日常に戻ってきたような気がする。

あちこち掃除をしたり、屋上に洗濯物を干しにいったり。

きのうは音楽を聞きながら（最近は、タカシ君のCD『深呼吸』をくり返し聞いている）、ずっと日記を書いていた。

暑くなってくると二階に避難し、クーラーを入れた。

十七日に書いた日記の中で、「少しずつ穴を埋めながら、絵本もどんどん書いて、前よりはましになって、年をとっていく自分の体をいたわれるようになればいい」と書いた。

「いたわる」という言葉がしばらく頭の中にぶら下がって、気になっていたのだけど、体をいたわる境地まで到達するには、私はまだ若く、もうしばらく時間がある。

帆立のお刺し身
焼き茄子とオクラの冷やし鉢
太刀魚の味噌漬け

「慈《いつく》しむ」が合っているのかもしれないと思う。

「年をとっていく自分の体をかわいがりながら、慈しみながら、生きていければいい」という感じかも。

今朝もまた、よく晴れている。

でも、海はぼんやり霞んでいる。

「厚手の洗濯物も、よく乾くでしょう」と、朝の天気予報で言っていたので、タオルケットとバスローブ（引っ越し祝いにあぜつさんからいただいた）を洗濯し、さっき屋上に干してきた。

森の方で「ホ――トテチテト」とウグイスが鳴いていた。

ウグイスは、ここに越してきたころからずっと鳴いているのだけど、いつまでたっても上手くならない。

さて、今日から「気ぬけごはん」を書こう。

今、中野さんからメールがあり、これから京都で新作絵本の打ち合わせがあるそうで、それが終わったらうちにいらっしゃることになった。

それまで「気ぬけごはん」に集中しよう。

夜ごはんは、帆立のお刺し身、冷や奴（しらす、塩、ごま油）、焼き茄子とオクラの冷やし鉢（月曜日に作った）、ゴボウと切り干し大根と牛コマの炒り煮（月曜日に作ったものに、牛コマを加えて味をつけ直した）、太刀魚の味噌漬け（この間、新開地の市場で買ったのを味噌漬けにし、冷凍しておいた）、ビール&白ワイン。

七月二十二日（金）晴れ

四時に起きた。

ゆうべは九時にベッドに入ったし、とてもよく眠れたので。

窓を開けて寝たら、網戸越しにひんやりした空気が入ってきて、クーラーなどいらなかった。

外はまだ蒼さが残り、夜景の灯りもついている。

東の空だけが、ほんのりと明るんでいる。

樹々が吐き出す緑の濃い匂い。

ひぐらしが雨のように鳴いている。

台所に下り、お湯を沸かし、コーヒーをいれてまたベッドへ。

だんだん明るくなるにつれ、小鳥たちのさえずりが聞こえてきた。

空を横ぎる鳥、丸っこい大きな蜂が、羽根を震わせ空中に止まっているなと思ったら、東の方へ飛んでった。

真新しい朝の山の空気。

昔、山小屋でアルバイトをしていたころの朝みたいだ。

今日もまた、一日がはじまるんだ。

私は東京で、今まで半分は、夢の中を生きていたのかもしれない。

現実がいやで、靄をかぶせたまま。

東京が私をそうさせていたのか、スイセイの傘の下で甘んじていたのか。

などと、つらつら考えながら外を見ていた。

私は今、ちゃんとここにいるな。

ずっと昔、ペルーのクスコに行ったとき、「高山病にかかったら標高の高いところからいちど下に降り、また戻ってくると抵抗感が薄まり、自然に治ることがある」と聞いたことがある。

神戸へ来てからも私はまだ、自分がどこにいるのかはっきりとは分からないような感じがあったと思う。

でも、この間私は東京にいちど帰り、過ごし、またここに戻ってきて、ようやく体ごと、無意識までもが分かったのかも。

小松菜のおひたし
ゴボウと切り干し大根と牛コマの炒り煮
ぶっかけそうめん

ずっと下の方で、電車が走っている音がする。

始発電車が走り出したんだ。

教会の屋根の縁が、オレンジ色に光っているのは、ちょうど今朝陽が当たっているのだ。

さて、今日は何をしよう。「気ぬけごはん」の原稿はきのうお送りしたし。

包装容器のゴミと雑紙を出しにいったら、『とと姉ちゃん』を見て、『ココアどこ わたしはゴマだれ』の校正に、落ち着いた気持ちで向かおう。

けっきょく、スイセイと高野さんとメールでやりとりをしながら、一日中校正をやっていた。

今日は『ココアどこ わたしはゴマだれ』デーだったな。

夜ごはんは、小松菜のおひたし（ポン酢醤油、ごま油）、ゴボウと切り干し大根と牛コマの炒り煮、ぶっかけそうめん（焼き茄子、トマト、みょうが、大葉）。

ぶっかけそうめんがたまらなくおいしかった。

七月二十四日（日）
ぼんやりした晴れ

ゆうべは夜中に目が覚めて、窓の月を見るともなく見ていた。

銀色の月だった。

半月よりも少しふっくらとした月。

銀色蝶の、片側の羽根みたい。

銀色蝶は、私がやりかけている新しい絵本に出てくるので、（ああそうか、そういう月もあるのか）と思いながら見ていた。

輪郭がぼやけたり、そのうち金色に光ったり。

雲の加減でまわりが湖のようになったり、虹の輪っかがかかったり。

輪っかのまわりは、灰色と藤色を混ぜたような色。

ぴたぴたぴたぴたと小さな音がして、下をのぞいてみると、イノシシがいた。

お母さんイノシシを先頭に、ウリ坊が三匹。

ウリ坊たちは等しい間隔を開けながら一列に並び、それぞれに黒い影が伸びていた。

静かに角を曲がって、森の方へ。

時計を確かめると二時半だ。

あんまり慌ててないようだったのは、真夜中だったからか。

七時に起きた。

今日は『とと姉ちゃん』はやらないのだな。

きのうの続きでお裁縫。

レースのはぎれの縁をかがって、本棚の覆《おお》いを作ったり、プリンターの覆いを作ったり。

残ったはぎれもつなぎ合わせ、ちくちくと縫い合わせた。

全部やってしまわずに、縫いかけをカゴに入れ、とっておく。

もう何十年もできずにいたけど、こういうこと、私はずーっとやりたかった。

あちこち掃除機をかけ、こうして日記を書いている。

そろそろ「おいしい本」（読売新聞で連載している読書感想文）の原稿を書きはじめようかな。

そうだ。

忘れないように書いておこう。

この間、六甲駅の本屋さんで、何の目的もなくひとりでうろうろしていたとき。そのあと、とりたてて買いたいものがあるわけではないのに、スーパーにいたとき。私はふと、途方に暮れた。

ふわふわとして、自分の正体がないように感じた。

自分の時間を、誰かのために使わなくていいことの心もとなさ。

それでもちゃんと坂を上って帰って、お風呂に入り、ごはんを作って食べ、早めに寝たら、次の日は前よりもたくましくなっていた。

きちんと淋しいのを感じたら、その分だけ心が丈夫になっている。

なんか、工作の仕組みみたい。

ひさしぶりに『サザエさん』を見ながら夜ごはん。

カレー（「ウズベキスタン風肉じゃが」にカレー粉とルウを混ぜた）&雑穀ご飯、コールスロー（キャベツ、人参、玉ねぎ、ゆで卵）。

七月二十五日（月）曇り

七時に起きて、朝風呂に浸かり、ゴミを出して『とと姉ちゃん』。朝ごはんを食べながら。

書きたいことが雲のように集まってきたので、「おいしい本」の原稿を書きはじめた。

お昼には仕上がり、お送りする。

八月三日が締め切りなのだけど、もうできてしまった。

佐藤雅彦さんの『砂浜』について書いた。

山が近いせいか、ここの空気は林間学校みたいで、子どものころの夏休みのことをよく思い出していた。

『砂浜』は、永遠の夏休みの物語だ。

「暮しの手帖」が届いた。

自分の記事を、ドキドキしながら読んだ。

ゲラではもちろん確認しているので、内容は知っているのだけど。

なんだかはじめて読むように新鮮で、自分のことながら、そうか、そういうことだったのか……と納得しながら読んだ。

電光石火のように引っ越してきてしまったけれど、そのときには前しか見えていないから、分からなかったことがある。

お腹の中では分かっていたのかもしれないけれど。

ここに暮らして二カ月半、越してきた理由がだんだん表に現れてきているような。それでようやく、やっぱりこれでよかったのだ……と、思うような感じ。

ライターの渡辺さんは、私が口にする言葉の端々から、少し先の未来まで読み取ってくださったのかもしれない。

引っ越し前の「今」と、二カ月後に分かってきた未来の「今」の両方が描かれているような気がする。

長野さんの写真にも、「今」そのときにしか現れえないものが映っている。

私にとっても、記念の記事になった。

本当に、ありがたいことです。

『とと姉ちゃん』を見ながら、ちょこまかしたおかずを並べ、お昼ごはんを食べ終わったら、もう今日はやることがなくなってしまった。

ふと思いつき、隣町（岡本駅）の絵本屋さんへ。

ここは去年の冬、芦屋のジュンク堂で『実用の料理 ごはん』のトークショーをしたときに来てくださった男の子が、「高山さんが好きそうな、とってもいい絵本のお店がありますよ」と教えてくださったところ。

きのう、別の方がメールで知らせてくれたので、地図を調べてみたら、ひとりでも行けそうなところにあった。

郵便局も通り道にあったから、レターパックを買って、母に「暮しの手帖」を送った。

絵本屋さんは本当にいいお店だった。

店主のおばあさんが選んだ本だけを、置いてあるみたい。

なんとなく、学校の図書室にいるみたいに落ち着いた空気があり、木の小さな腰掛けに座って、気になる題名と絵の本を片っ端から開いては読んだ。

ときどき棚の向こうから（勘定台に仕事机がつながっている。そこがおばあさんのいつもの場所なのだ)、ページをめくる音や、鼻をすする音が聞こえてきたり、お茶をいれているらしい音がしたり。

小一時間はいたろうか。

いや、もう少しいたかもしれない。

東京にいるとき、図書館で何度も借りた『トムテ』と、中を読んでおもしろそうだった『フーさん引っ越しをする』(フィンランドの児童書)と、『陸にあがった人魚のはなし』(モーリス・センダックの挿絵)を買った。

おばあさんとも少しお話しした。

小川未明の本を探していたのだけど、一冊もないとのこと。

買った本を、袋ではなく包装紙に包んでくださるのも、なんだか嬉しかった。

三冊が重なって包まれている様子は、子どものころのクリスマス・プレゼントを思い出す。

せっかく隣町まで来たので、前にリーダーに教わったパン屋さんで、おいしそうなグラハム粉の食パンとクッキーを買い、「コープ」で少しだけ買い物。

野菜を買おうとして、やめにした。

明日は、「MORIS」の今日子ちゃんたちとまた淡路島へ出かける。

ワカメ雑炊
ゴボウの炒り煮
クリームコロッケ（コープの）

島の産直の売り場には、きっと、元気な夏野菜がありそうだから。

新鮮そうなハモを骨切りしたのも安く売っていて、じっと見る。

でも、明日は淡路島でハモづくしなんだから。

六甲駅に着いたら、六時を過ぎていた。

せっかくなので八幡さままでお参りし、いつものように坂を上って帰ってきた。男坂の方から。

汗びっしょりかいて、すぐにお風呂。

夜ごはんは、お昼の味噌汁でワカメ雑炊、ゴボウの炒り煮、「コープ」で買ったクリームコロッケ、ゴーヤーと胡瓜のポン酢醤油和え（お昼の残り）、冷や奴（錦小路の「そや」という店の。きめ細かくなめらかで、ごま豆腐のようにねっとりしている。塩と白ごま油で食べた）。

最近、寝る前に毎晩ベッドで読書をしている。

ゆうべとその前の晩は、自分の『ロシア日記―シベリア鉄道に乗って』を読んでいた。

すばらしい造本なので、読んでいる間、心が下に落ち着いて、本の中を存分に旅できる。

紙の手触りも、文字も、余白も、すべてがなじんで、私と川原さんがロシアを旅していたときから、こうなるように決まっていたみたいな姿の本だ。

カバーをはずしてみて分かったのだけど、『ウズベキスタン日記―空想料理の故郷へ』の表紙の色は、ウズベキスタンの空の青なんだな。

ロシアの方は、建物の壁の色みたい。

川原さんの目から見えた景色は、その場で描かれたものばかりだから、線がいきいきと震えている。

絵が本の間にはさまれているのも、儚げな記憶の感じがする。

淡路島へは、前に生しらすを食べにいったのと同じメンバーで出かける。

明日の朝十時に、坂道のとちゅうに立っていたら、車で拾ってくださる。

楽しみだなあ。

七月二十七日（水）
曇りのち晴れ

五時半に起きた。

とてもよく眠れた。

夢も何か、おもしろいのをみたような気がする。

朝風呂に浸かって、たまっていたビン、カン、ペットボトルのゴミを出しにゆく。

森の入り口近くまで歩いて、洗濯。

朝ごはんを食べながら、『とと姉ちゃん』。

きのうのハモは、とてもとてもおいしかった。

私はこれまで、ハモというものをほとんど食べたことがなかった。

天ぷらなんか、ふわっふわで溶けそうだった。

まず、焼きハモの棒寿司（味つけはアナゴの照り焼きのような感じだけど、皮が香ばしく、身もしっかりしていた）、湯引きハモのにぎり（梅肉がちょこんとのっていた）、ハモの天ぷら、生しらす丼、煮アナゴ丼（アナゴもまた、ハモと甲乙つけがたいほどおいしかった。ふわっとしていて）、赤ウニのにぎり（一貫の三分の一くらいの大きさ。塩で食べた）。

最後にいただいた赤ウニが、一生にいちど味わえれば充分というくらいの、こたえられないおいしさだった。

甘みと、新鮮な潮の香りが混じった、奥行きのある味。食べ終わってからも、口の中に余韻がずっと残っていた。

今、これを書いていても、味が蘇ってくる。

淡路島の玉ねぎは、甘みがあって特別おいしいらしいのに、前回行ったときには買いそびれてしまった。

今回は、東京のきさらちゃんに送ってあげようと思って買って帰ったのだけど、この暑さなので、送っている間に傷んでしまうんじゃないかと、箱詰めしながら気がついた。なので、七個分を片っ端から薄切りにして、炒めてから送ることにした。

大鍋でじくじく炒めながら、『ココアどこ わたしはゴマだれ』の校正をやる。

集中が切れると、「のらぼう」のマキオ君の料理本（『野菜のごちそう　春夏秋冬』）のゲラを読んだ。帯の言葉を考えながら。

懐かしい「のらぼう」の料理。どれもおいしそう。

この本は、とても分かりやすいレシピにまとまっている。

夜ごはんは、前回のカレー（鍋ごと冷蔵庫に入れておいたものに、淡路島のミニトマトを加えて温めた）。

夜、お風呂から上がって涼みながら日記を書いていたら、中野さんから電話がかかってきた。

今日、中野さんは、ご両親と一緒に朝から家のまわりの草引きをしたり、庭のバラやオリーブの木の剪定をしていたそう。

ゴミ袋十袋にもなって、陽に焼けたんだそう。

中野さんは、絵を描かれるときは洞穴のような自分の部屋にとじこもるけど、家族との生活も大切にしてらっしゃる。

自分のためだけでないことに時間を使うって、豊かだな。

中野さんの話を聞いていると、純粋に羨ましく思う。

なんというか、地に足がついて、あたたかい。

そういう気持ちはスイセイから離れ、ひとりになってみてはじめて味わったような気がする。

そういえば私も、最近はよく母とファックスのやりとりをしたり、電話で話したりするようになった。

共通の興味は絵本。母も近所の図書館に、しょっちゅう通っているとのこと。

館長さんがとてもやさしい方で、外の階段を降りるのに、いつも手を貸してくださるんだそう。

七月二十八日（木）快晴

ゆうべはとても涼しく、よく眠れた。

六時半までぐっすりだった。

これは、いままでではじめてのこと。

ベッドの堅さにも、ここにいる自分にも、ようやく慣れたのかな。

中野さんの声を電話で聞いて、心安らかになって、そのままストンと寝てしまった。

朝ごはんは、ゆうべのうちににぎっておいたゆかりおにぎりと、いつぞやのゴボウと切り干し大根と牛コマの炒り煮（ようやく食べ切った）。お椀に味噌とかつお節、ワカメを入れて熱いお湯を注ぐ、即席味噌汁。

食べながら、『とと姉ちゃん』。

洗濯物をたっぷりやり、日焼け止めクリームを塗って帽子をかぶり、屋上に干してきた。

最近はシーツなどの大物だけでなく、下着以外のほとんどを屋上に干すようになった。

部屋干しだとカラッと乾かないので。

メールの返事や日記を書いているうちに、お昼になってしまった。

今日もきれいに晴れて、海が真っ青だ。

蝉もジンジンジリジリ鳴いている。

近ごろ、「ふくう食堂」のファンの方がメールをくださるようになった。

それがとても嬉しく、励みになる。

ありがとうございます。

「日々ごはん」の日記をはじめたころには、毎日メールをいただいていたけれど、ここ何年かはぽつりぽつりで、一週間にひとりくださるくらいだった。

私の日記の書き方は、自分を実験台のようにして、心や体の変化を記録している感じ。

そういう綴り方は昔から変わらない。

みなさん、神戸へ来てからの私の変化、孤独感とか不安だとかに、親近感を持ってくださっているみたい。

昔の私は、自分の弱いところをちゃんと見れていなかったんだろうか。

それとも、あまり日記には書かないようにしていたんだろうか。

その両方だったような気がする。

さて、今日も『ココアどこ わたしはゴマだれ』の続きをやろう。

二階に行ったら、カーテンのところに蝉がとまって、ジリジリと大きな声で鳴いていた。しばらく放っておき、下で続きをやっていたのだけど、次に上ったら窓の桟のところにはさまって鳴いていた。

窮屈そうだったので、手でつかんで窓から逃がしてやった。すぐに飛んでいった。

そのときの鳴き方が、少し高い音で「ジリジリジリ〜〜」と鳴いていて、「ありがとございました〜〜」と聞こえた。

蒸しゆでささ身とツルムラサキの海苔和え
じゃが芋の細切りとピーマンのバター炒め

六時近いのに、海がまだ青い。

早めにお風呂に入ってしまう。

窓を開け、二階で涼む。

今日の海は特別に青いので、ビールを呑むことにした。

台所で急いでつまみを作った。

マキオ君の本のゲラに載っていた「いんげんと蒸し鶏の海苔和え」を真似して、ツルムラサキで作った。

ちょうどささ身の酒蒸しがあったので。マキオ君のは、鶏の胸肉だけど。

そして、いんげんのかわりにツルムラサキでもおいしいと書いてあったので。

本当に、とてもおいしくできた。

なかったので入れなかったのだけど、ここにちりめんじゃこが加わったら、さらにコクが出て、本当に「のらぼう」の味になるなあ。

あとは、じゃが芋の細切りとピーマンのバター炒め。

台所に立って海を眺めながら、いそいそとつまみを作っているとき、ひとりでいるのは幸せだと、はじめて感じたような気がする。

夜ごはんは、蒸しゆでささ身とツルムラサキの海苔和え、じゃが芋の細切りとピーマン

（淡路島の）のバター炒め、プレミアムモルツ（近所の酒屋さんに箱入りのを注文してみた）。

七月三十一日（日）晴れ

四時に起きた。
五時四十分に、中野さんとタクシーで六甲道駅へ。

＊7月のおまけレシピ

蒸しゆでささ身とツルムラサキの海苔和え

蒸しゆでささ身1本分　ツルムラサキ3〜4本　焼き海苔½枚
白いりごま　その他調味料（2人分）

鶏のささ身は1パックの量が少なめだし、値段も手ごろなので、ひとり暮らしをはじめてからよく利用するようになりました。買ってきたらその日のうちに蒸しゆでにし、汁ごと冷蔵しておくと、いろいろに使えて便利です。コツは少なめの水分でするのと、ちょっと早いかな？というくらいで火を止めてしまうこと。ゆで汁を水でのばし、酒と塩で味をととのえ、かき玉スープにするのもの愉しみです。

まず、蒸しゆでささ身の作り方から。
鶏ささ身3本はスジを切り落として小鍋に並べ、ひたひたの水と酒大さじ1を入れて中火にかけます。煮立ったらひっくり返し、フタをして弱火で2〜3分静かに煮ます。触ってみて、肉の内側に張りを感じたら火を止め、あとは余熱で火を通してください。蒸し汁ごと保存容器に入れ、冷蔵庫へ。5日間ほどおいしく食べられます。

ボウルにごま油（あれば太白ごま油）小さじ2、塩ひとつまみ、薄口醬油小さじ½をよく混ぜ合わせ、ほぐした蒸しゆでささ身をざっと和えておきます。
ツルムラサキは茎のかたいところを斜めにそぎ切り。残りは3、4cm長さのざく切りにし、色よくゆでます（茎から先に鍋に入れ、ひと呼吸おいてから葉を加える）。ゆですぎると色が悪くなるので、気をつけてください。ザルに上げて冷水で冷やし、水気をしぼってささ身のボウルに加えます。ちぎった海苔と、ごまを手でひねって加え、ざっくり和えたらできあがり。

2016年8月

体を晒してさえいればいい。

八月三日（水）
晴れたり曇ったり

六時くらいに目が覚めた。

どうしよう、まだ眠たいんだけど、トイレに行きたいな。

（よし、トイレへ行ってからまた寝よう）と思って、起き上がったら、ラリちゃんもちょうど起き上がった。まったく同時に。

きんちゃんはうつぶせのまま目を開け、布団の上で伸びをしている。

トイレにはみっちゃん（きんちゃんの娘）が入っていた。

私はなんとなく筋肉痛。頭もぼんやり。

今朝もまた朝早くから、味噌汁のいい匂いがしていた。なるみさんだ。

なるみさんはいつも、誰よりも早く起きて（目が覚めちゃうんですよね……と言っていた）朝ごはんの支度をしている。

きのうの味噌汁は、油揚げ（肉厚のもの）と豆腐とワカメ（どれも佐渡島産）。だしになりそうなものはスライス干し椎茸しかなったのに、ちゃんとコクがあって、はーっとため息が出るおいしさだった。

今朝のは、昆布と干し椎茸のだし。

きのう、あすかちゃんちでだし昆布をもらったので、寝る前に鍋に水を張り、私が浸けておいた。

トイレ待ちの間に味見をすると、今朝のもまた、はーっとため息がもれるおいしさだ。

「味噌汁に茄子を入れてもいいですかねえ。でも、茄子はパスタで使いますよね。どうしましょうか」と、なるみさん。

「わあ、いいですね、茄子の味噌汁。パスタは、そのときに考えるから使ってもぜんぜん大丈夫ですよ」と私は答えた。

なるみさんはいつも、みんなのごはんのことを考えている。

きのう、あすかちゃんちにバーベキューに行く前にも、「台所に何人も立って支度をするのは大変だし、すぐに焼けるようにしておいた方が、あすかちゃんも楽だろうから、野菜は切ったのを持っていった方がいいと思って」と言いながら、ピーマンや万願寺唐辛子やら、どんどん切ってビニール袋に詰めていた。私も手伝った。

そういうことをしながらも、翌日の朝ごはんはどうするか、お昼ごはんは？　夕飯はどうするか、とか。ひとまわり先のことまで考えている。だとすると、お米はあと何合あればいいのかとか。

〝白州〟時代、キッチン班のリーダーだったというラリちゃんに、「なるみさんは、いつもみんなのごはんのことを考えてくれてるね。〝白州〟のときからそういう役をやっていたの？」と聞いたら、「いや、役ゆうか、性格やと思います」ということだった。

ラリちゃんときさらちゃんはキッチン班で、多いときには二百人分くらいのスタッフたちにごはんを作っていたらしいけど、なるみさんはキッチン班ではなく、何か、全体をとりまとめるリーダーのようなことをしていたらしい。

私はとても納得した。

だって、誰が手伝ってても手伝わなくてもどちらでもよく、当たり前みたいに、癖のようにひとりで動いていたから。

あとでなるみさんは、「だんどりを考えるのが好きなんです。頭の中でいつも、そういうことばかり考えています」と言っていた。

私は今、中野さんの〝白州〟時代の昔なじみの友だちと、佐渡島に来ています。

七月三十一日の日記は、電車を待っている間にホームのベンチで出だしだけ書いた。出発の時間が早かったので、中野さんは前の日からうちに泊まって、翌朝タクシーで六甲道へ向かった。

ＪＲに乗って、京都の稲荷駅で下り、伏見稲荷神社の駐車場でみんなと待ち合わせ、旅の仲間たちにはじめて会って、車でここまで連れてきてもらった。

新潟の直江津港からは、フェリーに乗った。

車はなるみさんのもの。運転も、ずーっとなるみさんだった。

そのあとの日々は、いろんなことがどしどし起こって、何をしても、どこにいても楽しく、おもしろくてたまらなかったので、とても日記を書く気にはなれなかった。

そもそもの旅のはじまりは、「なおみさん、夏に佐渡島に行きませんか?」と中野さんに誘われたこと。

〝白州〟でのことは、中野さんに出会ったときから、ぽつりぽつりと聞いていた。

でも中野さんは、「僕が学生のころ、山梨の白州というところで、木を切っていました。お風呂に何週間も入れないんですけど、大丈夫なんです。きっと、汗の塩が肌を守ってくれていたんだと思います」とか、ぽつりぽつりとおっしゃるくらいで、具体的なことはほとんど何も分からなかった。

「ポレポレ坐」のきさらちゃんが、小学校の六年生のころ、子どもの体験疎開でそこにいたので、〝白州〟がどういうところで、中野さんたちが何のために木を切ったりしていたのかは、きさらちゃんが教えてくれた。

中野さん、きさらちゃん、旅の仲間たちが共有している〝白州〟が、いったいどういうところで、どんな体験をしてきたのか。

みんなから聞いた話を私なりに要約すると、こういうことになります。

そこは山梨の白州（現在の北杜市）にある、「身体気象農場」というところ。

一九八五年の夏に、舞踊《ぶよう》家の田中泯《みん》さんが主となってこしらえた。

八十八年から「白州・夏・フェスティバル」が開かれ、農地や神社での踊りの公演や作品展示、体験農業などのワークショップもあった。

九十三年の夏からは、大きなサマー・フェスティバル（「アートキャンプ白州」と名前を変えた）が毎年開かれ、一〜二カ月の共同生活を軸とした創作活動にもとりくんで、踊りやらお芝居やら音楽やらワークショップやら、いろいろなことがそこで行われたらしい。

全国から有志を募って集められたスタッフは、出入りの者を含めると、総勢二百人ほど。

寝る場所と三度の食事をふるまわれるかわりに、みんなボランティアだったんだそう。

すべて一から作らなければならないから、日々の作業は、木を切ったり草を抜いたり、空き家を修理して宿泊できるようにしたり。農場の人に教わりながら、農業をして、自分たちが食べる物を育てたり。

都会から続々とやってくる、わけの分からない若者たちをいぶかしがっている農家のおじいちゃんがいると、怪しい者ではないと安心してもらえるよう、お宅に訪ねていって話をしたり（なるみさんは、そういうこともしていたらしい）。

スタッフの交通手段（アートキャンプの地区内はとても広いので、作業連絡やその他の用事のために、各班に何台かずつ配給されていたそう）や、お客さんにレンタルするための自転車を、毎日毎日何十台も作り続けたり、修理をしたりしていた人もいるそうだ。

フェスティバルがはじまると、集まってくるお客さんたちの駐車場作りや、交通整理、キャンプ場作りからはじまって、スタッフたちは舞台をこしらえたり、大道具や小道具を作ったり。

そういうことのすべてが、アートキャンプ全体に自ら関わる。関わっている、関わざるをえないという意味で、スタッフたちは「当事者」とも呼ばれていたとか。

中野さんは二十年ほど前に、芸大の先輩に誘われて、毎年そこに参加していたらしい。卒業してからも通っていたから、合わせると五、六回。いつもテントで寝泊まりしていたそうだ。

今回の佐渡島の旅のメンバーは、みな関西の人たち。

「アートキャンプ白州」の当事者として、ひとりひとりがそれぞれの理由で集まり、入った時期も、班も、みな違うのだけど、気づけば集まって呑んでいたりして、仲良くなった人たち。

旅に行くことは決めたものの、団体行動が苦手な私は、佐渡行きが近づくにつれドキドキしていた。

そしたら中野さんが、旅のメンバーの情報を書いてメールで送ってくださった。

ここに、そのときの人物紹介のメール文を載せてみます。


佐渡の旅道中の仲間の紹介です。

加藤さん
もと高校の数学教師。

今は退職し、世界各地へ旅を続けている。

独身。

あすかちゃん
一昨年、大阪から佐渡へ。

二十代は、オランダに在住。服飾の仕事をしていた。

大阪時代、使わなくなったハギレなどで、かっぽう着をつくったり、ご近所さんとの日々を大切に生活する。

なるみさん

高校時代、加藤さんの生徒だった。
特別支援学校で、子どもらと過ごす日々を、現在も進行中。
きんちゃん
東京生まれ。
二十代より、世界を旅する。
機関銃のように喋り、初めての方は、聞きとりにくいかも。
慣れると、心地よくなる。照れ屋さん。
みっちゃん
きんちゃんのひとり娘。小学六年生。
繊細かつ、大胆な性格は、母を遥かに超えている。幼さの残る感じが、いい。
ラリさん
白州では、みんなにおそれられていた、らしい。
主義主張が、はっきりとしている。
ライオン。強いなかに、繊細な優しさが
滲み出る。

みなさんの正確な歳は分からないけれど、あすかちゃんは三十代、きんちゃんとなるみさんとラリちゃんは四十代。

「アートキャンプ白州」での担当は、ラリちゃんとあすかちゃんがキッチン班、なるみさんは、主に出場者（出演者も全体に関わっているという意味を込め、そう呼んでいたらしい）の対応、きんちゃんは出場者対応や事務局、販売他、いろいろなことをしていたらしい。

加藤さんは私よりひとつ年下で、フェスティバルのある期間において、リーダー（リーダーとは誰も呼ばない。スタッフたちが何をすべきか、その理由をすべて分かっている人）的なことをしていたらしい。

でも、指示したりするだけでなく、中野さんたちと同じような肉体労働もされていた。

このメンバーが全員揃うのは、本当にひさしぶり。

予定を合わせ、佐渡島へ移住したあすかちゃんに会いにやってきた、というわけ。

加藤さんは、私の『ウズベキスタン日記』と『どもるどだっく』を読んでくださっていて、車の中で感想をおっしゃった。

「『どもるどだっく』で僕がいちばん好きなのは、ほら、表紙にもなっている〝つきよのはらっぱで〟。それと、その次の、〝らくだおどりと　ちょうちょうをおどった〟というところ。あれは何というか……、子どもと、言葉や事物との……、嬉しいたたかい、というか……そうなんですよ。だから〝あくしゅ〟するんだよね」などと、しぼり出すような（ぴったりの言葉を探しているみたい）言い方で。

「加藤さんはいつも、僕の絵の感想を、言葉にして、きちんと伝えてくださるんです」と、中野さんも言っていた。

今は朝の九時半。

加藤さん、きんちゃん、なるみさん、ラリちゃんは八時にここを出て、シーカヤックへ。さっき、中野さんが車で送っていった。

私とみっちゃんは留守番。

その間にこうして日記を書いている。二階の畳の部屋で。

みっちゃんは下で、絵を描いているみたい。

ここは、佐渡島の南の、宿根木という集落にある「伊三郎」さんという民宿。

歴史ある本物の古い民家を一軒借りて、自炊をしながら泊まっている。

中野さんが戻ってきたら、私たちは三人で、あすかちゃんと三島君（あすかちゃんの旦那さん）の家に出かけます。

娘のほのかちゃん（三歳）と、てるちゃん（十一カ月）も一緒に、家の近くにある浜へ連れていってくれるらしい。

みんなで海水浴だ。

島に住んでいる友だちの家族も一緒に。

八月五日（金）
ぼんやりした晴れ

ゆうべ、佐渡島から夜の十時半に帰ってきた。

今朝は八時くらいに目覚め、ベッドの中で頭をうろうろさせていたのだけど、もう起きてしまう。

なんとなしに体が重たいし、頭もぼんやりしているのだけど、たまらなく日記が書きたくなったので。

中野さんはまだ寝ている。

佐渡島はとても楽しく、濃く、有意義な旅だった。

毎晩遅くまで呑んでも、毎朝早起きして、朝ごはんをしっかり食べ、島のあちこちを車でまわり、いろいろな景色を眺め、子どもたちの声を聞き、様子を眺め、一緒に遊び、ごはんを作り、食べ、笑い、お風呂に入り、眠った。

集合や出発の時間は、一応決めてあったのだけど、そんなにきちきちとはしてないから、いつも間に合わない人がいて、間に合った人たちは煙草を吸ったりしながらぼんやり待っていたり。

それぞれがみんなそのままで、何かをしなくてはいけないというのもなく、でも、一緒にいる人たちのことをいつも感じながら、そこに集っていた。

そうだ、忘れたくないことをひとつ、ふたつ。

佐渡島に着いた日、どこかに向かって海岸沿いの道をひた走っているとき、それまでお喋りしていた声がふと止まり、みんながだまっていたひとときがあった。

波のまったくない静かな海は、人々が暮らしている家々から驚くほど近くにあった。海だけが広々と見えていたかと思うと、家々に隠れ、隙間からフッと、ほんのちょっと青がのぞいたりして。

過ぎゆくそんな景色を、私はぼんやり眺めていた。

車に乗っている他の六人も、同じ景色を眺めたり、前を向いたりして、何かを感じている。何も喋らないんだけど、みんなそこにいる。

ノラ・ジョーンズの歌がかかっていた。

ふと、今の車の中のこの感じを、何年もたってからひとりで思い出したりするんだろうな……と思ったら、泣けてきた。

どうしたってときは流れていくし、人も変わっていく。

いくら大好きな人でも、いつまでも一緒にはいられない。

時間を止めることはできない。

私の目玉を覆う涙の向こうには、地面とほとんど同じ高さに海があり、畑の脇道に咲いている紫色のかわいらしい花、キンセンカのオレンジ色、真っ赤なダリア。

島のおじいちゃんやおばあちゃんが集まって草抜きしていたり、子どもらが浜遊びをしていたり。

赤泊港《あかどまり》の夏祭りに行ったのは、そのあとでのことだった。

舞台では、民謡やら踊りやら、島民たちのいろいろな芸が披露されていて、見たい人はブルーシートに足を投げ出し、ビールを呑んだり、私と中野さんとラリちゃんは、海を見にいったりしていた（とちゅうから私たちも会場に戻り、芸を見た）。

すべての芸が終わって、花火が上がった。

花火の一発一発は、説明のマイクの声が聞こえてから、一拍置いて、夜空に上がった。

しばしの沈黙。そしてまた、次の花火のマイクの声。

たとえばこんなふうに。

「祝港祭り、赤泊のますますの発展とみなさまの多幸を願って！　○○遊漁船協会さま、五号玉二発」

パーン！　パパパーーーン！　パパパパーーーン！

「九周年を祝って。○○美容室さま、五号玉一発」

パーン！　パパーーーン！

「正央君、由梨、結婚おめでとう。○○さま、七号玉一発」

パーン！　パパパーーーン！　パパパパーーーン！

「孫たちの成長と家族の健康を祈願して。三益のじいちゃんばあちゃん、五号玉一発」

パーン！　パパーーーン！

「房子おばあちゃん長生きしてね。○○さま、五号玉一発」

パーン！　パパーーーン！

島の商店や美容院やグループ、一般の家族たちがお金を出し合い、上げているのだった。花火はみな違って、どれもきれいだった。

こんな花火大会を、私は生まれてはじめて見た。

今朝、ベッドの中で思っていたのだけど、旅の間中私はずっと、何かのレッスンを受けていたような感じがした。

先生は中野さんと、中野さんが会わせてくださったすべての人たち。もちろん子どもたちも含む。

もっというと、中野さんに出会った去年の夏から、レッスンはすでにはじまっていた。

神戸へ越してきて出会った、「ＭＯＲＩＳ」の今日子ちゃん、ヒロミさん、そのお友だち、「かもめ食堂」のふたり、町ですれ違う人たち、スーパーのレジの女の子、子どもを連れたお母さん。

何のレッスンを受けているかというと、私の体の奥にある、どうしようもないものについて。いつのころからかその部分の成長が止まり、成熟せぬまま大人になってしまったあるところ。

みんなでゲームをしていて、自分が負けていると分かると、私は机をひっくり返し、その場をめちゃめちゃにするような子どもだった。

夕方になると、一日が終わるのが切なく、体の外と内がひっくり返りそうに悲しくなる。自分の思い通りにいかないと、変えようのない自然界を相手にしてまで、いつまでも泣き叫ぶような子どもだった。

畳につっぷし、鼻水でどろどろになりながら。

我《が》が強く、自分の感覚しか信じられなくて、まわりを俯瞰して見ることができない。そういう子が、そのまま大人になってしまった。

スイセイにはよく、「みぃの中には〝尊大さん〟がおる」と言われていた。

自分まで燃やし尽くしてしまいそうな、炎みたいなその力が、私の創作に役立っていることは確かなのだけど。

そしてそれは、私の武器でもあるのだけど。

佐渡島の旅の仲間たちは、それぞれに熱いものを持っているのに、一緒にいるみんなとの時間を愛しているから、自分をはずし、俯瞰して味わうのを楽しんでいるような感じがした。

だからみんな、私の先生。

南瓜のオイル焼き
油揚げの薄味煮
枝豆の炊き込みご飯

八月九日（火）晴れ

朝から、佐渡日記の推敲。

旅のメンバーに確認していただきながら、ＣＣでメールのやりとりをしている。

それが楽しくてたまらない。

お返事を待ちながら、パソコンに向かって作文の続き。

これは、きのうから書きはじめた、シカが出てくる物語。

大人向けの童話のようなものだろうか。

きのうの朝、目が覚めたらうずうずと上ってきた。

うちのアパートの裏の森、森の奥にある泉、滝壺、佐渡島で入った洞窟、大風の夜、雨。

少しずつたまっていたものが、ある場面をきっかけに出てきたみたい。

神戸に来てから、長いこと夢をみなくなっていたのだけど、現実で見ていたものが、夢のワンシーンのように蓄積されていたのかな。

絡まり合った糸をほどくように、指先をとがらせ、するすると引き出してやる。

書きながら言葉が転がり、自分でも思ってもみないところへ流される。

絵本の文を書くときともまた少し違う感触。

そうか、これでいいのか。

四時ごろ、屋上に洗濯物をとり込みにいき、汗をかいたので早めにお風呂。

夜ごはんは、南瓜のオイル焼き（塩とポン酢醤油で）、油揚げの薄味煮（いつぞやに、冷凍しておいたもの）、胡瓜のぬか漬け（水茄子のぬか漬けのぬかをとっておき、胡瓜を漬けてみた）、味噌汁（じゃが芋、祝島のふのり）、枝豆の炊き込みご飯、ビール。

まだ青い海と空を眺めながら食べた。

八月十一日（木）晴れ

朝からきのうの作文の続き。

ゆうべは、とちゅうまで書いたものを。今朝は、完結したのをメールで中野さんにお送りしたら、しばらくしてシカの絵が届いた。

朝描かれたんだろうか。

夕焼けの仔ジカ、だろうか。

誰かにお願いされているとか、本の形にするとか、そういうのは何もないのだけど、今日からまた、別のお話にとりかかる。

これは、創作民話みたいなもので、「ポレポレ坐」のイベントのときに出だしだけ朗読した。

二階にこもって、書きはじめた。

けれどとちゅうで、どうにもこうにも詰まってしまう。

四時前に急に思い立ち、坂を下って「MORIS」にかき氷を食べにいくことにした。

今日子ちゃんのかき氷は、シャリシャリと削った氷の上に、桃の煮たのとゆでたての白玉だんご。下には小豆の煮たのが隠れていた。

甘みが押さえられていて、果物の味がちゃんとする、大人のかき氷。

小豆の煮たのも、餡ことという感じではなく、さらっとしていて、豆そのもののおいしい味がした。

東京帰りの今日子ちゃんは、とっても元気だった。

お客さんと三歳の息子さん、とちゅうからヒロミさんも加わって、今日子ちゃんの身振り手振りのおもしろ話を聞いた。

私は、体の窓が開いて新しい空気が通ったような、なんだか晴れやかな気持ちになり、よく笑った。

そのあと歩いて図書館へ行き、六甲道駅で待ち合わせ。

今日子ちゃんとヒロミさんと、ネギラーメンがおいしい隣町（住吉）の中華屋さんへ。

人気のお店らしく、二十分ほど並んだけども（祝日だったからかも）、何を食べても大満足のおいしさだった。

夜ごはんは、蒸し鶏とネギの炒めもの、卵春巻き、ニラレバ炒め、ネギ冷麺（今日子ちゃんとヒロミさん。関西では冷やし中華のことを冷麺という）、ネギラーメン（私）。

ネギラーメンには、細く切ってラー油で和えた山盛りのねぎ（炒めてあるのか、高温で油通しをしてあるのか、香ばしさがたまらない）がのっていて、麺は細め。スープもクセになるおいしさだった（遠くで海老の香ばしい味がした）。

ラーメンが大好物だと言っていたなるみさんに、食べていただきたいなぁ。

ビールも紹興酒も呑まずに、おいしいごはんをモリモリ食べる。

女どうしは気楽でいい。

八月十二日（金）晴れ

ゆうべの夢。

東京の仕事仲間がたくさん集っている会（山の斜面が広くなっているようなところだった）の最後に、自分の仕事について、何でもいいから発言し合う……みたいなことになった。

そういうの、私は苦手なのだけど、どうしても何かを言わなければならなくて、人が発言していい間中ずっと考えている夢。

絵本や、このところ書いている物語のことについて、思っていたみたい。

夢なのに、なかなかしっかりとした考えだった。

それはこんなこと。

寝る前に、ベッドに仰向けになって目をつぶり、静かにしていると、いろいろな物音や気配が体を通り抜ける。

海からの風や、山からの風、樹が揺れる音、葉がこすれる音、雨が降る前の風の音、などなど。

音というか、気配。

目には見えないけれど、見えるような感じがするもの。

窓を開けて寝ているので、網戸越しにそういうのが侵入してくる。

それは、感覚的なようでいて、とっても現実的なものごと。

眠ったり、ちょっと目覚めたり、まどろみながらひと晩中そうしている。

そのときの私は、もう私でないような感じ。

夜が明けて、少しずつ空が明るみ、鳥が鳴く。

蝉が鳴きはじめるのはもう少しあとで、陽が昇ってから。

私はただ、そういう気配に体を晒してさえいればいい。

そうすれば勝手に、蓄積されたものが、出てくるときには出てくるような。

書きたくなったときには、もう世界はできているから、そうなるまでじっと待っている。

待っている時間は長くても、知らんぷりしながらできるだけ触らずにいると、いつか必ず出てくるみたい。

そういうことを話そうとしていた夢だった。

このごろ、その通りのことを思っていたので、はっきり覚えていた。

絵本や物語も、私が実際に体験したものだけが言葉になって出てくる。

夢や空想の中での体験も含むのだけど。

それはけっきょく、私の日記の書き方にも通じているような。

今日は、どうやら作文が書けない日みたい。

読書の日にしようかな。

それでもけっきょく、午後からずっとやっていた。

時間を忘れて。

けど、ずっとやっていたわりには、ちっとも進んでいない。

まあ、こういう日もある。

こういう日に書いた文は、あんまりよくない。

七時までやって、今日はおしまい。

夜ごはんは、オムライス（いつぞやの雑穀ご飯と、枝豆の炊き込みご飯を合わせて炒め、卵で巻いた。玉ねぎ、ソーセージ、ピーマン、ケチャップ）。

八月十四日（日）
雲の多い晴れ

朝から洗濯。

このごろはシーツやら何やら、なんだかんだと毎日洗濯しては、屋上に干している。

アパートの住民は、私の他には誰も干していないので、物干しざおは使いたい放題だ。

目の前の山を眺めながら、風に吹かれながら干す。

今朝は、真上の雲が灰色で、ちょっと怪し気だけど干してきた。

通り雨があるかも。

きのう、『帰ってきた 日々ごはん②』のカバーまわりが送られてきた。

束見本にカバーをかぶせ、本棚のところに立てかけてある。

遠くから眺めたり、手に取ってじーっと見たり。

すごくいい。

すごくいい絵。

スイセイのデザインも冴えている。

ありがたいなあ。

神戸へ越してきたら、『帰ってきた 日々ごはん②』のビジュアルに関することは、スイセイとアノニマ・スタジオにすべておまかせしようと決めていた。

私がやったのは、写真選びと、そこにつける短い言葉を考えるぐらい。

本作りから手を放し、まかせているのも忘れているくらいの気持ちで、ぼんやり待っていた。

離れていると、ちゃんとできてくる。

自分が思ってるより、ずっと大きく、広々としたものになって。

私は、日記の内容だけにしっかり向かえばいいんだな。

それはとても、自由な感じ。

明日は、シミズタとケイスケがうちに泊まりにくる。

あとであちこち掃除しよう。

彼らはいま高知にいて、毎晩「にこみちゃん（マー坊がやっている飲み屋）」三昧らし

麻婆茄子チャーハン
酢のもの

い。

バスで三宮までやってくる。

淡路島に行ったとき、橋で見たあのバスだ。

ふたりともきっと、陽に焼けているだろうな。

楽しみだなあ。

炒めものをすると汗をかくので、ごはんの支度をすっかりすませ、お風呂にも入ってしまう。

風呂上がりに二階で着替えていたら、空がほのかな夕焼け。

街も海も、雲で白くけぶっているけれど。

いい気分なので、ビールを呑むことにした。

ひぐらしがカナカナカナカナカナ鳴いている。

白かった月がだんだん光り、金色になるまで。

シミズタたちが遊びにくる前夜祭だ。

今夜の月は、茶わんを斜めにしたような形。

夜ごはんは、麻婆茄子チャーハン、酢のもの。

麻婆茄子チャーハンは、冷凍してあった雑穀ご飯と、ゆうべの残りの麻婆茄子春雨を炒め合わせ、チャーハンもどきにした。

仕上げにちぎった大葉を加え、コチュジャンを添えたら、なんとなく韓国風になった。

おいしい。

酢のものは、胡瓜とピーマンを塩もみしておいたものにワカメを加え、みょうがも少し刻んだ。

甘酢のかわりに、中野さんのお母さんがこしらえたらっきょう漬けの汁に、薄口醤油をほんのちょっと混ぜ、ついでにらっきょう（小粒）も加えた。

これが、革新的なおいしさだった。

八月十五日（月）
曇りのち晴れ

朝は曇っていて、窓の外が白かった。

空も海も、建物と同じ色。

（せっかくシミズタたちが来るのに、残念だなあ）と思いながら、汗をかきかき雑巾がけをしていたら、じわじわと晴れてきた。

やった！

シミズタとケイスケは、晴れ女か晴れ男なんじゃないだろうか。

だって今日は、一日中曇りの予報だったような。

雨も降るって言っていたような。

そうだ、忘れないように書いておこう。

ゆうべ、真夜中にイノシシのお母さんとウリ坊を見た。

ウリ坊が二匹しかいなかったけど（いつもは三匹いる）、一匹はすでにお母さんの前を走っていて、見えなかったのかな。

足音がしたとき、なんとなく人間のお母さんのような感じがした。

ピタピタピタというより、ヒタヒタヒタというひそやかな足音。

サンダルをつっかけ、坂を小走りしているような。

どこかの奥さんが走っているんだと思って、下を見たら、イノシシだった。

半分寝ぼけていたので、イノシシの親子は街では人に化けているのかもしれない、とすぐに思った。

私はお話の作り過ぎだ。

さて、そろそろシミズタたちを迎えに下りようかな。

今は、三人で呑んでいるところ。

うちにはカセットテープのデッキがない（引っ越しの前に、私が分解して壊してしまった）のだけど、ケイスケが小さなラジカセを持ってきていて、ちょこちょこっと線をつないだら、テープが聞けるようになった！

機械を分解したり、修理したり、ケイスケはこういうことを小学生のころからやっていたらしい。

すごいことだ。

カトキチにもらった、昔のカセットテープが出てきて、かけてみた。

テープに貼られたシールには、「メリークリスマス。お元気ですか？　僕のバンドDAU《ダウ》です。聞いてください」と書いてある。

これは確か、私が「クウクウ」で働いていたころにもらったもの。

もう何年ぐらい前になるんだろう。

十五年とか二十年とかだろうか。もっとだろうか。

すごーくいい。

はじめて聞いたみたいに聞こえる。

夜になり、屋上で三人で呑んだ。

赤い三角コーンの中にラジカセを入れて逆さにしたら、こもったような、なんともいえずいい音がして、よく響いている。

これは、拡張マイクと同じ原理なのかな。

屋上にたまたまあったもので、さっさかと工夫して、どんな音も響かせることができるケイスケは、正真正銘の音キチだ。

私の隣にはシミズタ。

三人の真上には、大きな空。

眼下では、神戸の街や港の夜景が広がっている。

カトキチが、あの懐かしい声で歌ってる。

目が覚めたら見えた　Nothing you can't to do
ケムリ吐いてみえた　Nothing you can't to do
世界じゅうが砂の上に立ち
瞬きさえ許さずにまどろむ
かすかだけど聞こえるさ　Nothing you can't to do
ひとときが一日の長さで

包むような　変わらない仕草で
パンが焼けるあいだ　Nothing you can't to do

部屋に下りてから、Nothing you can't to doの意味をケイスケに聞いたら、「ないこと　あなた　できないこと　ないのさ」と紙に書いてくれた。

つまり、「あなたには、できないことがない」。

夜ごはんは、天ぷら（ケイスケ作。高知のお土産のりゅうきゅうとゴーヤー、剣先イカ）、剣先イカのお刺し身（私が作った。ワタ醤油、塩、ブッシュカン）、サーロインステーキ（私が作った。高知のにんにく、バルサミコ酢、醤油、バター）、ビール、シャンパン、白ワイン、赤ワイン。

八月十七日（水）
曇りがちの晴れ

今日は朝から美容院へ行って、六甲道でちょっと買い物をして、図書館にも寄った。

とちゅうまでバスに乗って、てくてく坂を上ってさっき帰ってきたところ。

洗濯物を屋上に干して出かけてしまったから、心配だった。

天ぷら（ケイスケ作）
剣先イカのお刺し身
サーロインステーキ

天気予報によると、今日は通り雨があるかもしれないとのことだったけど、どうにかまぬがれた。

ああ、よかった。

シャワーを浴びて、お昼寝。

ゆうべは、七時くらいにベッドに入ったのだけど、ずーっと目が覚めていた。

半分は眠っていて、とても長い時間が過ぎるのを感じながら寝ていた。

明日から東京なので、アイロンがけをしたりして支度する。

荷物はリュックひとつ。うんと少なめにした。

パソコンを持っていかないので、日記は書かないつもり。

また、スイセイのところに泊めてもらうのだけど、その後どうなっているかな。

「ポレポレ坐」の原画展が七月の頭だったから、ひと月ちょっとぶりだ。

今回は、渋谷の「HMV&BOOKS」という本屋さんで、『ロシア日記』と『ウズベキスタン日記』のトークイベント。

その前に、「リンネル」という雑誌で、『帰ってきた日々ごはん②』のインタビュー。

トークが終わったら、本の発売をお祝いし、デザイナーの葛西さんを囲んだ会食を、あぜつさんがご用意くださっている。

葛西さんにお会いするのは、何年ぶりだろう。

ウーロン茶のコマーシャルの仕事で、サン・アドに通っていたころだから、かれこれ十年近く前になるのかも。

尊敬している大好きな方なので、ドキドキするけれど、とても楽しみ。

シミズタたちが来た日は、すっかりいい気持ちに酔っぱらってしまい、ほとんど日記が書けなかった。

なので、ここに思い出して書いてみます。

シミズタとケイスケは、小学校の同じクラスの仲良しが、転校した友だち（私のこと）のところに会いにきてくれたみたいな感じだった。

子どもどうしみたいにくったくなく、よく笑って、よく遊んだ。

いつ何をしても、何を食べたり飲んだりしてもよくって。

三人分の洗濯物を、シミズタと屋上に干しにいくだけで、なんだか楽しくて。

森へも行った。

森の中はなんだか姿が変わっていた。

大雨は降っていないと思うのだけど、地面が動いて、斜面がさらに急になっていたり、木が倒れていたり。

ぶっかけ冷や奴
ゴーヤー&肉みそ
ゆかりおにぎり

泉へは私が案内するつもりが、ふたりの方がずっと健脚で、頼りになった。

踏ん張ったから、まったく大丈夫だったのだけど、シミズタはいちど斜面をすべり落ちかけた。

すぐ下がちょっとした崖のようになっていたから、ヒヤッとした。

シミズタの後ろからついていった私は、おっかなびっくり上った。

「なんだか急に怖くなった」と私が言って、体が硬くなったまま斜面で動けなくなったとき、遠くにいたはずのケイスケがすぐそばに立っていて、両手を差し伸べてくれた。

「だいじょうぶ？　高山さん。高山さんが落っこちそうになっても、必ず僕が受け止めるから」

ケイスケは頼りになる、うそがない、やさしい子。

シミズタはケイスケに出会えて、ほんとによかったな。

夜ごはんは、ぶっかけ冷や奴（焼き茄子、ねぎ、みょうが、おろし生姜）、ゴーヤー&肉みそ（シミズタたちのお昼ごはんに、ゴーヤーとツルムラサキの炒めものを作ったのだけど、ゴーヤーだけほんの少し残っていた。そこにいつぞやの肉みそを混ぜた）、ゆかりおにぎり。

ぶっかけ冷や奴は、そうめんをゆでようとしていて冷蔵庫に豆腐をみつけ、急きょ変更した。

つまり、ぶっかけそうめんのそうめんのかわりに、絹ごし豆腐（1/2丁）をスプーンですくって浮かべ、焼き茄子を添え、ねぎをちらした。みょうがとおろし生姜ものせた。

これが発明のようにおいしかった。

なんとなく、どこかの料亭で夏に出てきそうでもある。

焼き茄子やオクラ、みょうがなどを盛り合わせた冷やし鉢の、豆腐バージョンというところか。

八月十八日（木）

※天気を書くのを忘れました

六時半に起きた。

蝉の声が、ずいぶん弱々しくなった。

秋をほんのり感じる空気。

ここらが山に近いこともあるかもしれないけれど、今日子ちゃんのところへかき氷を食べにいった日に、急に涼しくなったことを実感した。

それまでの毎日は、あまりに暑く、炎天下の坂道をどうしても下りる気になれなかった。

下の部屋はいつも少しだけ窓を開け、レースのカーテンをひいている。

今朝、カーテンをシャッと開け、大きく窓を開けたら、秋の風が入ってきた。

シミズタたちが帰って、夏が終わった。

今朝から空気が違う。

『とと姉ちゃん』を見ながら、朝ごはん。

九時にタクシーが迎えにきたら、新神戸駅から新幹線に乗ります。

私はタクシーの予約ができるようになった。

これまではずっと、電話をするのが苦手で、怖かった。

ひとりで暮らすようになって、パソコン関係の不具合や、お酒の注文、タクシーの予約を自分でしなくてはならなくなったのだけど、電話口の相手はみんな余裕があって、優しいことが分かった。

東京にいたときには、私が怖がっていたせいで、そういう空気に反応した電話の相手を戸惑わせていただけなのかもしれない。

さて、東京へ行ってまいります。

八月二十一日（日）快晴

青い空、海もまっ青。

これが秋の眺めだろうか。

東京からは、十九日の夜に帰ってきた。

楽しかったこと、嬉しかったこと、たいへんだったこと、いろいろあったけど、ぶじに戻ってこられてよかった。

いちばん嬉しかったのは、ひさしぶりに会ったスイセイが元気そうだったこと。

体中に活力がめぐっている感じがした。

かといってハリハリした感じではなく、顔も、声も、動きも、前よりもずっとゆったりと、穏やかな空気をまとっていた。

そしてなんだか、みずみずしかった。

八月いっぱいで吉祥寺の家をひき払わなければならないから、引っ越しの荷作りもあるだろうし、『帰ってきた 日々ごはん②』のデザインの仕上げや、『ココアどこ わたしはゴマだれ』の校正など、やらなければならないことに囲まれているようだったのに。

スイセイもよくお喋りし、これまででいちばん私の話を聞いてくれた。

一時間にも満たない、短い時間だったけど。私にはそれで充分だった。

今回は、引っ越しの掃除を少しでも手伝いたくて、心づもりをしてきた。

でも部屋は、思っていたよりずっときれいだった。

私が泊まった部屋（もと仕事部屋）も、前には雑巾がけをしないとならなかったけど、ちっとも床がざらざらしてなくて、そのまま布団を敷くことができた。

お風呂の排水溝もきれいだったので、私はトイレだけ軽く掃除した。

スイセイは、山の家に少しずつ荷物を運んでいるらしく、向こうで何かの修理をしなければならないそうで、その日も急に出かけることになった。

なので私も、一泊で帰ってくることにした。

合鍵を手渡し、玄関を出るときに、一瞬だけリビングの床が目に入った。

そのとき、（ここに来るのもこれで最後だ）と思ってしまった。

涙が上ってきて、スイセイに挨拶をする声が変になったので、息を止め、それ以上出ないようがまんした。かわりに鼻水が出た。

夕方、「ポレポレ坐」でおいしいカレーライスを食べ、きさらちゃんの陽焼けした元気そうな顔を見て、新幹線に乗って新神戸に着いた。

新神戸からはタクシーで、十分もかからなかった。

七時十三分発の新幹線に乗ったのだけど、十時二十分には六甲のアパートの部屋にいた。

post card

料金受取人払郵便

浅草局承認

3085

差出有効期間
2021年
1月17日まで

111-8790

051

東京都台東区蔵前2-14-14 2F 中央出版
アノニマ・スタジオ
帰ってきた 日々ごはん⑥ 係

☒本書に対するご感想、高山なおみさんへのメッセージなどをお書きください。

このはがきのコメントをホームページ、広告などに使用しても　可　・　不可　（お名前は掲載しません）

帰ってきた日々ごはん⑥

200111

この度は、弊社の書籍をご購入いただき、誠にありがとうございます。今後の参考にさせていただきますので、下記の質問にお答えくださいますようお願いいたします。

Q/1. 本書の発売をどのようにお知りになりましたか？
□書店で見つけて　□Webサイトで（　　　）
□高山さんのHP『ふくう食堂』　□その他（　　　）

Q/2. 本書をお買い上げいただいたのはいつですか？　年　月　日頃

Q/3. 本書をお買い求めになった店名とコーナーを教えてください。
店名　コーナー

Q/4. この本をお買い求めになった理由は？
□著者にひかれて　□タイトル・テーマにひかれて
□イラストにひかれて　□デザインにひかれて
□その他（　　　）

Q/5. 価格はいかがですか？　□高い　□安い　□適当

Q/6. 暮らしのなかで気になっている事柄やテーマを教えてください。

Q/7. ジャンル問わず、好きな作家を教えてください。

Q/8. あなたの「得意料理」を教えてください。

Q/9. お気に入りの料理本について教えてください（料理家、タイトル、テーマなど）。

お名前　性別　□男　□女　年齢　歳

ご住所　〒　－

ご職業

e-mail

今後アノニマ・スタジオからの新刊、イベントなどのご案内をお送りしてもよろしいでしょうか？　□可　□不可

ありがとうございました

帰ってきたら、ここが自分の居場所なのだとはっきり分かった。

そんな、東京への旅だった。

今日は『とと姉ちゃん』がないけれど、いつものように八時に朝ごはんを食べ、洗濯機をまわしながら作文。

ゆうべからシカの文をやっている。

最初に書いたのがいちばんいいことが分かり、そこに戻しつつ、新しく加えたり、直したり。

お昼ごはんを食べ、また続き。

プリントアウトしては読み返し、また少しだけ直す。

声を出して読み、ひとまず落ち着いて日記を書いていたら、中野さんから新しいシカの絵が送られてきた。

たぶん、最後の場面の絵。

何もお願いしていないのに。

絵が届いたとき、息をのんだまま見ている他、何もできなかった。

言葉と絵が、同じ世界にいる。

私はもう、なんだかすっかり脱力してしまった。

肉みそチャーハン
ワカメとしらすとらっきょうの
酢のもの

夜ごはんは、肉みそチャーハン（人参をせん切りにして炒め合わせ、目玉焼きをのせた）、ワカメとしらすとらっきょうの酢のもの（らっきょうの漬け汁を水で薄めた）。

ゆうべの気のぬけたビールを呑みながらチャーハンを作り、蒼くなりかかった空を眺めながら食べた。

カラスが群れでやってきて、窓の上を渡っていった。

真っ黒な羽根を広げて見せながら。一羽が戻ってきて、また渡る。二羽が続くこともある。

カラスたちは、私がいつも窓辺でごはんを食べているのを知っている。

東京にいるときにはカラスは邪魔者だったのに、今は好き。

キツツキやカケス、ウグイスやヒヨドリ、それからいい声で鳴く名前も知らない鳥と同じように。

八月二十二日（月）晴れ

ベランダに……あ、まちがえた。

屋上に、洗濯物を干していて、アッと思ってとり込みにいった。

そしたらちょうど雨の降りはじめ。

降りはじめだけれど、かなりの大粒だったから、けっこう濡らしてしまった。

あと、五分ばかし前に気づいたら、ふつうにゆっくりとり込んで、ちょうど終わったころに、ぽつり、ぽつりとなったろう。

アッと思う前には、風が強くなりはじめていた。

ぶわーっと吹いて、エレベーターから出たときには、もう降っていた。

ずいぶん前に、「お昼前から雷が鳴って、ぶわーっと雨がふったり、やんだとおもったら、またふったり」というメールを中野さんからいただいた。

うちはカラッカラに晴れ渡っていたから、とても信じられなかったけど、中野さんが住んでいるところは、同じ兵庫県でもやっぱりずいぶん遠いんだ。

うちの空は、ぽつりぽつりのあとすぐに止んで、ちゃんとした雨にはならなかった。

そういえば、ゆうべ、はじめて虫の声がした。

今も少しだけ聞こえている。

秋の虫だ。

今日は、冷蔵庫の食料が底をついていたので、五時を過ぎていたけれど、買い物にいった。

「いかりスーパー」でしこたま買って、ワインも三本も買って、牛乳も一リットルのを買って、アイスも買って（いつもは歩いている間に溶けてしまうから、買えなかった）、タ

のり巻き（スーパーの）
茄子の米油焼き
ささ身と小松菜の和えもの

クシーで帰ってきた。

夜ごはんは、のり巻き（スーパーの。穴子胡瓜、マグロ）、茄子の米油焼き（おろし生姜）、ささ身と小松菜の和えもの（ささ身は酒蒸しにし、塩、白ごま油、薄口醤油少しで和えた）、酢のもの（味のついたモズク酢のパックに、みょうが、胡瓜の塩もみを和えた）。

忘れていた。

今日、街へ下りるとちゅう、シカの角を拾った。

神社で。木の枝だけど。

神社で拾い物をしてはいけない気がして、でも、どうしても欲しかったので、お参りをして頭を下げ、「もらってもいいですか」と聞いて、もらってきた。

いま、玄関のところにある。

三つ股の角。

よく見ると、四つ股。

八月二十四日（水）快晴

ゆうべは、クーラーをいちどもつけなかった。

窓を開けて寝たら、明け方は寒いほどだった。三時ごろだったかな。

今朝は、陽の出と共に起きてしまう。

『ロシア日記』と『ウズベキスタン日記』のどこを読もうかなと思いながら、ちょうど開いたページがよかったので、そこにする。

今度、京都の「誠光社」さんでのトークで、朗読するつもり。

どこからどこまで読むことにするか、鉛筆で印をつけた。

でも、読めなさそうだったら、むりして読まないこと。

前に、『ハリネズミの願い』のトークをしたとき、本を開いていざ読もうと思ったら、言葉が出てこなかった。

息を整え、それでも読もうとしたのだけど、やっぱりのどに声が詰まってしまって、読めなかった。

けっきょく編集者さんに読んでいただいたのだけど、読めなくてよかったな、と私は思った。

そういうことを、大切にしたい。

トークイベントというのは、来てくださったお客さんの前に生身の体をさらすことだと思っているので。それで、よし。

今日から「おいしい本」の原稿を書こう。

トマトソースのスパゲティ
気ぬけワイン

『陸にあがった人魚のはなし』について。

夜ごはんは、トマトソースのスパゲティと気ぬけワイン（シミズタたちが来たときに呑んだ残り）。

八月二十五日（木）晴れ

夕方の雲がとてもきれいで、二階の窓から眺めていた。

鏡をふと見たら、こっちの方がさらにきれいで、見とれる。

もくもくとした輪郭も、よりずっともくもくしている。

「ひらめきノート」にメモした。

こういうのが絵本の種になるので。

――ひたひた　ひたひた。夏は、（もう）おわってしまいました――

これは、神戸へ越してきたばかりのころに書いた。

まるで今日のことみたい。

夜ごはんは、鯵の干物（引っ越してきてはじめて焼いた。とてもおいしい。残りの二枚は冷凍した。こんど、塩鮭も買ってきて焼いてみよう）、冷や奴（ひじき煮と明太子のっけ）、オクラの煮びたし（浸し汁は昆布だしに塩で薄味をつけ、柚子こしょう。「かもめ食

鯵の干物
オクラの煮びたし
雑穀ご飯

堂」で食べたのを真似した）、雑穀ご飯（黒米入りの雑穀をたくさん入れたら、もち米みたいになってとてもおいしい）。

今日は、中野さんから画材などなどが入った箱が送られてきた。

びっくり箱のようで、私は中をよく見れない。

梱包材に描かれた絵（東京にいたころに、描いてくださったもの）だけとり出し、壁に立てかけた。

生の絵もあるようだけど、触れない。

この間は、画材屋さんから画材一式が送られてきた。

ダンボール一箱と、細長い箱と、平たい箱。

ここにも絵の具やら紙やら、いろいろ入っているみたい。

八月二十六日（金）晴れ

今日は夕方から、京都の丸善さんで「暮しの手帖」の編集長、澤田さんとトークショー。

京都は近いから、朝早く出たり、新幹線やタクシーに乗ったりしなくていいのが、とても気楽。

三時四十分にここを出て、阪急電車に乗れば、充分に間に合う。

なので、いろいろやる。

「おいしい本」はずいぶん書けたかも。

ああいやだ、だんだんドキドキしてきた。

澤田さんはとても穏やかな声でお喋りなさるし、優しいし、私とほとんど同級生なので、緊張はしていないのだけど。

まだまだ時間があるから、お昼寝しよう。

＊8月のおまけレシピ

オクラの煮びたし

オクラ1パック　昆布だし汁1カップ　柚子こしょう小さじ½
その他調味料（2人分）

夏はオクラをよく食べます。刻んで納豆に混ぜたり、ぶっかけそうめんに加えたり、みょうがと合わせてモズク酢にのせたり。小さな包丁でオクラのヘタ先を切り落とし、ガクのまわりの黒いところをぐるりとむく下ごしらえも大好き。吉祥寺にいたころには、夕方の子ども向け番組を見ながら畳の部屋でしていたけれど、今は窓辺の椅子で、海を眺めながらやっています。

このオクラの煮びたしは「かもめ食堂」で食べたものを、私流にアレンジしました。だしは昆布だけで薄めに。味つけも塩と柚子こしょうのみ。香りづけ程度に薄口醬油を落とします。

オクラは見た目より早く火が通るので、くれぐれもゆで過ぎないようにしてください。


7cm角の昆布2枚は、約2カップの水に半日ほど浸けておきます。弱火にかけてだしをとり、1カップほど用意します（残りはおひたしなどに使ってください）。

上記のようにオクラの下ごしらえをします。

小鍋にだし汁、酒大さじ½、塩ひとつまみ、薄口醬油小さじ½を合わせて煮立て、火を止めてから柚子こしょうを加えて浸し汁を作ります。

オクラを色よくゆで、ザルに上げます。浸し汁が熱いうちに、ゆで立ての熱いオクラを加えると、色がきれいなままです。

冷蔵庫で冷やし、食べるときに斜め半分に切って盛りつけます。薄味なので汁ごと食べてください。

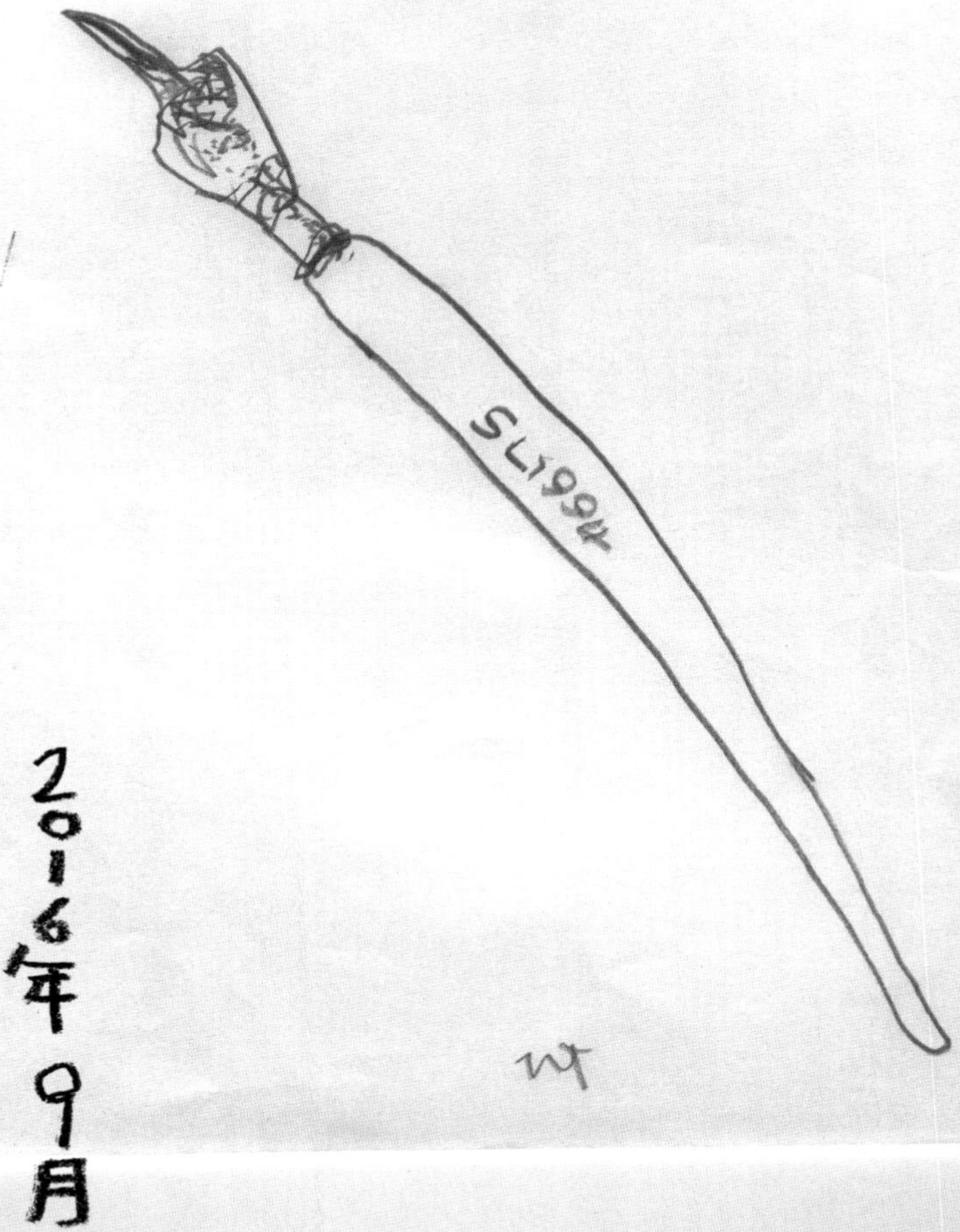

今日もまた、物語の続きを書く。

九月二日（金）晴れ

うちのカレンダーは八月のままだった。

今日、気がついて、直した。

いろいろなことが、たくさんたくさんあって、ぜんぶ楽しいことばかりで、この一週間は日記が書けませんでした。

今日はずっと、『ココアどこ わたしはゴマだれ』の校正をやっていた。

しばらく前に対談部分を中心に読み返し、直しを入れておいたのだけど、もういちどはじめから、とくに私の文章とスイセイの文章をじっくり読み、いまさっき終わった。

この本は、とてつもない本だ。

本当に、見たこともない本。

誰が書いたのか、もう分からなくなってしまうくらい。

スイセイのものでも、私のものでもすでにない。

それはきっと、寄藤さんのデザインのせいもうんとある。

読んでくださった人のもの。

あるいはもっと、もっと。

これから大きくなる子どもたち、赤ん坊。

細いもやし炒め
ポールウインナー

まだこの世に生まれていない人や、もう、いなくなった人たち。

蝉が鳴いている。

今年最後の蝉の声。

明日は、『帰ってきた 日々ごはん②』の、「おまけレシピ」の最終校正をやる。

ここ一週間にあったこと、明日は、落ち着いて書けるかな。

でもきっと、書けないような気がする。

まだ五時だけど、今日はもう、お風呂に入ってしまおう。

夜ごはんは、細いもやし炒め、ポールウインナー。

ポールウインナーは、そのまま何にもしないで食べるのがいちばんおいしい（ソーセージの長さに切って、炒めるのを前にやってみた）。

九月九日（金）快晴

いい風が吹いている。

今朝は九時ちょっと前に起きた。

私は洗濯。

中野さんがコーヒーをいれて、私はプラムのラッシーを作った。

プラムを皮ごと入れたら、時間がたつごとにどんどん酸っぱくなっていった。

あまりおいしくない。

いつもみたいに、ぽつりぽつりとお喋りし、そのあとでなんとなく、ワンピースの裾がほつれたのを繕っていたら、中野さんがごそごそと絵を描きはじめた。

梱包用のクッション材に描いている。

ゴシゴシギシギシ。

歯ブラシで描いている。

絵本合宿がはじまって、今日で何日目かな。

筒井君とミニちゃんがうちにいらして、『たべたあい』の打ち合わせをしたのは、六日の火曜日だった。

その日の朝、新開地の駅の改札で中野さんと待ち合わせをして、湊川《みなとがわ》の市場で魚や貝を買った。

メバルはまだピシピシと生きていた。

私と中野さんの絵本合宿は、その日からはじまった。

きのうは、私も中野さんも電話がたくさんかかってきて、それぞれの用事をしていた。

中野さんが二階で電話をしている間、『ほんとだもん』の原画を床いっぱいに並べ、私

焼き肉
雑穀ご飯のおにぎり

は絵に言葉を当てはめる作業をしていた。

前に作ったダミー本のことは忘れて。

これが、絵本作りの至福のとき。

一枚一枚の絵を指差しながら、テキストを読んで、中野さんに見ていただいた。

そしたらもう、ほとんどの場面ができ上がっていて、新しく描いてもらう絵はあと二枚だけということが分かった。

京都の本屋さんのサイン本を三十冊ほど作り、コーヒー豆を買いに夕方の散歩に出た。

そのままてくてく歩いて六甲道へ。

いろんなお店をのぞきながら散歩して、「コープ」で牛肉を買って、八幡さまでお参りをして帰ってきた。

中野さんは一日のうちに三回か四回、「今日は、微速の日です」とおっしゃっていた。

というわけで、きのうの夜ごはんは、焼き肉（牛タン、牛カルビ、ミニトマト、ミニちゃんのお土産のしし唐辛子、伏見唐辛子）、雑穀ご飯のおにぎり、ビール。

鉄のフライパンで牛タン、野菜、カルビ、野菜、カルビの順番に焼いて食べた。

中野さんは肉を焼くのがとても上手。

肉は、キムチと一緒にえごまの葉に巻いて食べた。

九月十一日（日）快晴

朝、蝉が一匹鳴いていた。

ベッドの外壁のところにとまっていたみたい。

朝方、目が覚める前に、ミシミシピチピチと泡がはじけるようなかすかな音がしていた。

自分の体の中からしているみたいだった。

これが、いつも中野さんがおっしゃっている雨の降りはじめの音なのかと思って、カーテンをめくったら、道路は乾いていた。

あとでそのことを伝えると、「なおみさんの体の中で、何かが発酵してはるんじゃないですか?」とのこと。

そうかも。まだ、表には出てきてないけれど、物語に関する何かが、ふつふつしているのかも。

きのうは、野葡萄の実が色づきはじめている枝を、森の入り口で取ってくるついでに、土をひとにぎりもらってきた。

その土に墨を混ぜ、中野さんはきのう絵を描いていた。

私はパソコンに向かって、自分の用事をしていた。

ハモの炊き込みご飯（お昼の残り）
水菜の梅じゃこ和え
味噌汁（ワカメ、大葉）

背中越しに、バシャン、シュッシュッ、ゴシゴシと、ちょっと激しい音がしていた。

そのあとで、御影にある小さな美術館に、中川一政の絵を見にいった。

今日は、中野さんが帰る日なので、早めにお昼ごはんを作った（味噌漬けにしておいたハモはフライパンで焼き目をつけ、生姜のせん切りといっしょに炊き上がりに混ぜた。茶わんに盛ってからねぎを散らし、スダチ）。

さっき、坂のとちゅうの神社までお見送りをしてきたところ。

丸い実のついた舟の形の落ち葉を拾い、せっせと坂を上って帰ってきたら、部屋の中がひろびろとしていた。

汗をかいたので、すぐにシャワー。

淋しいわけではないのだけど、これまでどんなふうにひとりで暮らしてきたのか忘れてしまったような、へんな感じ。

夜ごはんは、お昼の残りの炊き込みご飯、水菜の梅じゃこ和え（ミニちゃんの梅干しがとてもおいしい）、漬物、味噌汁（ワカメ、大葉）。

ひさしぶりに『まる子』と『サザエさん』を見ながら食べた。

九月十三日（火）
雨が降ったり止んだり

朝起きたら、メールがたくさん届いていた。

『とと姉ちゃん』を見ながら朝ごはんを食べ、洗濯機を回し、佐渡島の旅仲間、きんちゃんにお返事メールを書いていたら、今日子ちゃんから電話がかかってきた。

十一時から、うちで打ち合わせ（「ＭＯＲＩＳ」で開く料理教室の）をすることになった。


お昼ごはんを食べながら。

冷蔵庫には何もなかったけれど、この間、筒井君たちとの打ち合わせでお出ししたメバルの煮つけの煮汁が残っていたので、生姜をたっぷり刻んで炊き込みご飯にしてみた。

メバルは、頭の骨ごととってあった。

そこに水を足して煮出し、醤油とみりんで味をととのえた。

風味づけにごま油、スライス干し椎茸と、もどし汁も加えた。土鍋で炊いてみた。

雑穀（黒米、緑米などいろいろ混ざっている）を加えたせいなのか、火を早めに消しすぎたせいなのか、芯が残るご飯になってしまい、わーっ！　となって、急きょせいろで蒸すことにした。

メバルの煮汁の炊き込みご飯（お昼の残り）
大根と胡瓜とワカメのサラダ
落とし芋の味噌汁

大皿に盛ってからねぎと大葉を散らし、粉山椒も混ぜ、スダチをしぼって食べた。

とてもおいしかった。

今日子ちゃんが帰ってから、「ダンチュウ」の作文の続き。

二時には仕上がり、お送りした。

さーて、今日は何をしよう。

ベッドで本を読もうかな。

今読んでいるのは、田中泯さんの『僕はずっと裸だった』。

最近よく考えている体の中のことと、つながる。

夜ごはんは、お昼の残りの炊き込みご飯、大根と胡瓜とワカメのサラダ、落とし芋の味噌汁、らっきょう、たくあん。

今日の夕焼けは、ことのほかすばらしい。

茜色に紫を混ぜたような色が、広がっている。

海もまったく同じ色。

ときおり真っ黒な羽根を広げ、カラスが渡る。

ひらりと舞い上がったり、大きく旋回したり。

遠くの街の方から、オレンジ色の光がだんだんに灯り出した。

今、空はもう蒼。
暗くなるまで、目が離せない。

九月十四日（水）
晴れのち曇り、ときどき雨

朝起きたら晴れていたので、洗濯をした。
シーツもバスタオルも。
でも、曇ってきた。
屋上には、種が混じった鳥のうんちがたくさん落ちていた。
コリアンダーシードにそっくりな種。
何の植物のだろう。
種はこうやって、あちこちに運ばれてゆくのだ。
窓の外が白い。
やっぱり今日は、天気予報の通り、曇りのち雨なのだろうか。
今、とり込みにいってきた。
シーツとタオルは、ほとんど乾いていた。

午後、『ココアどこ わたしはゴマだれ』のことでスイセイに電話をしてみた。

まさに今、吉祥寺の家を引き払う直前で、大わらわのようだった。

台風が来ているから、軽トラに荷物を積むのも雨の合間をぬってだし、山の家へ運ぶのも、タイミングをみはからいながら、何度も往復しているらしい。

スイセイの声を聞いていると、自分との違いが浮き立ってくる。

たまらなく体を動かしたくなったので、坂を下り、夏に着ていた緑のワンピースを出しにクリーニング屋さんに行った。

この前を通るたび、雨の日も、真夏の猛烈な陽射しの日も、一心にアイロンがけをしている正直そうなおじさんが窓から見えていた。

いつかクリーニングを出す日がきたら、ここにしようと決めていたお店。

冷蔵庫も空っぽだったので、けっきょく六甲道でしこたま買い物をして帰ってきた。

ものすごい大荷物となり、タクシーで帰ってきた。

最近は、あんまり歩かなくなってしまったな。

夜ごはんは、ちらし寿司（今日子ちゃんに教わった、テイクアウトのおいしいお寿司屋さんの）、味噌汁（ワカメ）。

ちらし寿司（お寿司屋さんの）
味噌汁（ワカメ）

九月十五日（木）
曇り一時晴れ

今日はいよいよ、吉祥寺の家の引き渡しの日。

アノニマの村上さんが、近所の和菓子屋（大晦日には、毎年つきたてのお餅を買っていたお店）のお弁当をスイセイに差し入れしてくれた。

写真も撮って、メールで送ってくださった。

台所はピッカピカに磨かれていた。

手作りのガス台も、しっくりと馴染んでいる。

この台所にも、十七年間お世話になりました。

本当なら、私が掃除をして収めなければならなかったのに、すべてスイセイがもとに戻し、大家さんに引き渡してくれた。

そんなわけで、今週は日記のアップが遅れています。

何度も開いてくださっている方、ごめんなさい。

午後、郵便受けを見に下りたついでに、アパートの外に出てみた。

そこらを歩いたり、ツユクサが咲いているのを屈《かが》んで見たりしていたら、うちの柱時計のボーンボーンが聞こえてきた。

プラム
ヨーグルト（シリアル入り）
ふりかけのおにぎり

そうか、外にまで聞こえていたのか。

きのうの昼間は、どこからか大きなくしゃみが何度も聞こえていたっけ。

ベッドに寝そべって泯さんの本を読んでいたら、睡魔に襲われ、五分ほど眠ってしまう。

このことは、「おいしい本」に書こう。

一階に下りて、カレー作り。

玉ねぎを茶色くなるまでよく炒め、赤ワインを加えたビーフカレーだ。

明日は、筒井君と中野さんがいらっしゃるので、お昼ごはんに出そうと思う。

カレーを作っているとちゅう、森の入り口まで散歩した。窓からカレーの匂いがするかどうか、確かめるために。

カレーの匂いはしなかった。

ワインを開けたので、ちびちび呑みながら、ちょっとした原稿を書いた。

赤ワインを夕方にひとりで呑むと、少しだけ淋しいような気分になるな。

今夜は十五夜だ。

雲の隙間から、白いまん丸な顔がのぞいている。

夜ごはんは、プラム、ヨーグルト（シリアル入り）、ふりかけのおにぎり、赤ワイン。

月は今、雲に見え隠れしている。

顔を出すと、まばゆく大きな薄緑色の丸い月。
雲のベールがかかっているときは、真珠貝の裏側のような色に包まれる。
緑色のような、虹色のような。
こういうのを幽玄というんだろうか。
ずっと見守っていたいけど、先にお風呂に入ってしまう。

九月十六日(金)
曇りときどき晴れ

ゆうべはすばらしい月夜だった。
ベッドに横たわり、ずっと見ていた。
仰向けになると、大きな空のまん中に月がくる。
夜空に穴があいているみたい。
月は西の空へ、だんだん動いていった。
高くなるにつれ、雲が晴れ、まん丸なまばゆい姿が現れた。
部屋の奥まで月明かりの届く、完璧な姿。
でも、上りはじめの薄い雲がかかっているくらいが、いちばんきれいだった。

今朝は十一時に中野さん、十二時には筒井君がいらっしゃった。

今は二階で、おふたりの新作絵本の打ち合わせをしている。

ときどき笑い声が聞こえてくる。

私はいそいそとお昼ごはんの支度をしながら、こうして日記を書いている。

なんだかおもしろい。

高校生のころに、双子のみっちゃんが男友だちを家に連れてくると、私は張り切って前の日から支度し、お菓子を焼いたり、コーヒーをいれてあげたりした。

そんな、青くさいような気持ちにも似ている。

ふたりの打ち合わせが終わり、一階でカレーを食べながら、ワインをちびちび呑みながら、三人で『たべたあい』の打ち合わせ。

筒井君が帰られてから、床をきれいに掃除して、こんどは『ほんとだもん』の原画を並べ、新しい絵をはめこんでみた。

新しい絵は、思ってもみないものだった。

でも、はじめから分かっていたような気もしないではない。

実際に、私の目にはそういうふうに見えていた気がする。

この絵本はすべて、去年の秋に本当にあったこと。

説明したわけではないのに、それがそのまま絵になった。

というか、中野さんの絵があったから、お話が出てきたのか。

時間をまったく気にせずに、作ろうともしないでいたら、今になって、とん、とんと、はまるべきところに収まった。

私の子どものころと、去年の秋と、今年の秋のはじめがすんなりつながった。

九月十九日（月）
風強し、少しの雨

台風が来ているらしい。

風は強いようだけど、降ったり止んだりの雨。

ゆうべは、輪になってバレーボールをしている中学生の女の子たちの夢をみた。

ひとりの子がボールになって（姿は人間。紺色の制服のスカートをはいている）、蹴り上げられたりもしているのだけど、空へ高く高く飛んで、とても楽しそうにしていた。

ゆうべ送ってくださった中野さんの絵に、言葉をつけている。

以前に送られてきていた他の絵もやっていたら、朝から止まらなくなった。

締め切りが明日なので、えいやっ！　と気持ちを切りかえ、「気ぬけごはん」の続きをやる。

夕方、スイセイから電話があった。

ひさしぶりにたくさん話した。

柱時計が二回鳴ったから、一時間以上話したことになる。

主には、『ココアどこ わたしはゴマだれ』と、引っ越しの話。

スイセイがぶじに山の家に引っ越せたことが、何よりも嬉しかった。

台風が来ているから、今日は外へ出るつもりはなかったのだけど、どうしても神社にお礼をしにいきたくなり、坂を下りる。

パン屋さんで食パンとカレーパンを買い、橋の近くの「コープ」で買い物。

キャベツ、南瓜、白菜、小松菜（小さな束）、ニラ、茄子、トマト、大根（小さく切ってあるもの）、ブリの切り身、鶏のささ身、牛乳、卵。

このところ野菜不足だったので、たっぷり買ってしまった。

風で傘がおちょこになってしまい、骨が折れてしまったみたい。

雨も強くなってきたから、タクシーで帰ろうと思ったのだけど、やっぱり歩いて上ることにした。

よりによって、強力粉と薄力粉まで買ってしまったので、たいへんな大荷物なのだけど。

ブリの塩焼き
茄子の油焼き
具沢山の味噌汁

帰りにもういちど、神社でお礼をする。

台風の最中、霧のような雨と風にさらされながら、ゆっくりゆっくり男坂を上って帰ってきた。家に着いたらすぐにお風呂に入って、温まればいいやと思って。

夜ごはんは、ブリの塩焼き（大根おろし、スダチ）、茄子の油焼き、胡瓜のぬか漬け、たくあん、具沢山の味噌汁（茄子、大根、ニラ、えのき）。

九月二十日（火）台風

明け方、強い風で目が覚めた。

トイレに下りると、窓の外がやけに蒼かった。

東の空のひとところだけ白く光っている。

太陽が昇ろうとしているのだ。

風が強いせいなのか、空気がよほど澄んでいるのか、夜景の光もキラキラして、すべてがくっきりとしていた。

海も空も、不思議なほどに、同じ蒼色をしていた。

六時に起きてしまう。

とても強い風。

中野さんが帰られる前の日、壁に貼った大きなキャンバス布に描いていった赤い絵の言葉が、ゆうべ寝る前からうずうずと出たがっていた。

夜、暗い中で「ひらめきノート」に書きとめていたので、すらすらと言葉が出てきた。

物語というより、ある場面の言葉。

詩のような、短いお話のような。

夢中でやっていて、あっという間に八時を過ぎてしまい、『とと姉ちゃん』を見逃した。

天気予報が、台風の直撃情報をものものしく伝えている。

風はどんどん強くなる。

このあたりも、午後には雷雨が激しくなるとのこと。

でも、私はちっとも怖くない。

なんだか、このアパートメントに、守られているような感じがするから。

管理人のおじいちゃんが、さっき見まわりにきてくださった。

玄関を開けたとき、山側からの風が凄まじく、木の枝がずいぶん揺れているのが見えた。

三階と六階は、山側の廊下の窓から、雨が漏れてきているそうだ。

海側の部屋の窓も、台風の風雨が強くなると、いつも雨漏りがするのだそう。

「でも、今はだいじょうぶそうで、よかったわあ。何かあれば、呼んでくださいね。また

ささ身のチーズカツレツ
（せんキャベツ添え）
おにぎり

見にまいりますから」

五時くらいに「気ぬけごはん」が仕上がり、お送りした。

ときを同じくして、台風も去った模様。

嵐の最中は、窓ガラスに雨が打ちつけ、水族館の水槽のようになっていた。

ときおり大きな音をたて、大風が吹いて、前の道路の木が大きく揺れていた。

電線も揺れる。

そんな中、「気ぬけごはん」を夢中でやっていたのだ。

台風が過ぎ去ったころ、森の入り口まで散歩した。

風で折れたくぬぎの枝を拾って帰る。

青い実がひとつだけついている。

夜ごはんは、ささ身のチーズカツレツ（せんキャベツ添え）、おにぎり（ミニちゃんの梅干し入り、ゆうべのうちににぎっておいた）、味噌汁（豆腐、えのき、大根、豆苗）。

九月二十三日（金）
曇り一時晴れ

どんよりした空。

でも、ときおり太陽が顔を出す。

このところ細々と洗濯しては、二階の部屋に干している。

きのうのうちに、「おいしい本」が書き上がったので、気持ちは軽い。

今朝、もういちど読んで、少しだけ直した。

一時ごろに坂を下り、美容院に行った。

そのあと、六甲道から電車に乗って、隣町の図書館へ。

絵本のコーナーがとても広々としていて気持ちがよかった。

床には絨毯がしいてあり、棚の前にかしこまって、気になる絵本を開いたり。

ひとりで来ているおばあさんや、小さな子どもたち、若いお母さんたちに混ざって。

なんだか、吉祥寺に住んでいたころに通っていた図書館みたいでもある。

気づいたらそこに、二時間以上いた。

三冊ばかし借りてきた。

『月夜のみみずく』、『鹿踊りのはじまり』、『深山の秋（小川未明名作選集）』。

図書館から出て、横断歩道で信号を待っているとき、西の空がほんのりとした夕焼けだった。

見ていたら風が吹いてきた。

そのときふと、自分はいったいここで何をしているんだろう、という気持ちになった。考えても仕方がないので、牛乳と豚コマ切れ肉だけ買ってバスに乗り、せっせと坂を上って帰ってきた。

坂を上っているとき、教会の鐘が鳴った。

六時だ。

このごろは、ずいぶん日が短くなったな。

今日は、お昼ごはんを食べ損ねたので、お腹がぺこぺこだ。

シャワーを浴び、急いで納豆チャーハンを作った。

夜ごはんは、納豆チャーハン（油揚げ、卵、ちりめんじゃこ、豆苗）、南瓜のポクポク煮（いつぞやの）、茄子とピーマンの味噌炒め（ゆうべの残り）。

さて、歯を磨いたら、今夜は早めに二階に上って、ベッドで絵本を読もう。

九月二十五日（日）　晴れ

納豆チャーハン
南瓜のポクポク煮
茄子とピーマンの味噌炒め

明け方に目が覚めて、カーテンを開けたら、太陽が昇りはじめたところだった。

トイレに下り、もういちど寝ようと思ったのだけど、あんまり空がきれいなので起きてしまう。

壁に枕を当てて背もたれにし、ずっと見ていた。

カーテンをいっぱいに引き、窓も開ける。

空は茜色とクリーム色、水色のだんだら。

海の向こうの山々は、まだ黒々としている。

木の葉に透けて、オレンジ色の大きな玉が見える。

まわりも強いオレンジの光。

しばらくすると、まばゆい太陽が、木の上から顔を出した。

太陽の色は白いようにも、青白いようにも、緑がかっているようにも、真珠色のようにも、金色のようにも見えるけど、どの色にも当てはまらない。

ただただとても眩しい色。

輪郭が、じりじりぶるぶる震えている。

あんまり眩しいので、サングラスを取りに下り、かけて見た。

それでも眩しく、すぐに見ていられなくなった。

目をずらし、別のところを見る。

太陽の光が当たっているところだけ、顔が熱い。

私はそのまま、太陽に身をさらしていた。

じーん、じーん。

太陽は公平だなあ、と思いながら。

ベッドに寝そべると、そのうち雲が光り出し、鳥の翼のようになった。

ほわほわした羽毛が、歯ブラシに絵の具をつけ、たたいて描いたみたいに白く光っている。

もう、起きてしまおう。

気分がいいので粉を練り、パンを焼いた。

水の代わりにヨーグルトで練るフォカッチャの生地は、いつもは丸く焼くのだけど、型に入れて食パンみたいにして焼いた。

十時に朝ごはん。

このパン、濃厚でとてもおいしい。

今日もまた、物語の続きを書く。

誰にも頼まれていないのに。

きのうは、生命保険の方がうちに来てくださり、いろいろと話を聞いた。

今入っている保険がどういう内容なのか、ほとんど知らなかったので。

担当の方は、私より若い女の人なのだけど、説明する声がゆったりとして、小さな質問

スープ（玉ねぎ、ソーセージ、キャベツ）
自家製パン

にもいちいち立ち止まって答えてくださり、とても分かりやすかった。

今のままでいくと、来年には支払い額がぐんと上がってしまうので、この機会にもっとシンプルなものに変えようと決める。

「暮しの手帖」が届いたので、母に送ろうとポストの道まで下りた。

赤い実や、色づきはじめた落ち葉を拾っているうちに、もっと歩きたくなった。

コンビニで電話代を支払い、はじめて通る道を歩いて踏切を渡り、八幡さまでお参りをし、お気に入りの喫茶店へも行った。

ミルクティーを飲みながら、お店にある絵本を三冊ゆっくりと読んだ。

二時間近くいただろうか。

「いかりスーパー」で、赤ワインとハムとヨーグルトを買ってバスに乗り、坂を上って帰ってきた。

坂道はおとついより楽に、スイスイと上れた。

おとついは、「なんだーさか、こんなーさか、なんだーさか、こんなーさか」と歌いながら、休み休み上ったもの。

夜ごはんは、スープ（玉ねぎ、ソーセージ、キャベツ）、自家製パン。

九月二十八日（水）晴れ

きのうのお昼ごろ、郁子ちゃんが遊びにきた。

広島でライブがあったそうで、帰りに寄ってくれた。

うちに入ったとたん、わーっと声を上げて、窓辺にはりつき景色を眺めていた。

二階に上ったきり、なかなか下りてこないから見にゆくと、郁子ちゃんは窓辺にいて、柵に寄りかかり景色をじーっと見ていた。

ふり向いた郁子ちゃんは泣いていた。

この部屋に入ったら、あんまり空気が澄んでいて、勝手に涙が出てきたんだそう。

そして、海と空と山に向かって、そっとお参りしてくれたんだそう。

「高山さんをよろしくおねがいします」と。

私もちょっともらい泣き。

ずいぶん前に、吉祥寺の家に遊びにきたときにも、私が台所で料理している間郁子ちゃんがどこにもいなくなって、探しまわったら、私の仕事場のベランダの柵のところに腰掛けていた。

公園の木が集まっているところ（あのころは、森と呼んでいたっけ）を眺め、足をぶらぶらさせながら、鼻歌をうたっていた。

地球に腰掛けている、星の王子さまの絵みたいに。

郁子ちゃんとお喋りしながら、屋上でビールを呑んで、空を見たり、山を見たり、洗濯物を干したり。

そのあと、森にも入った。

私も郁子ちゃんも同時に、「失礼します」と森に声をかけてから入った。

私が先に立って、蜘蛛の巣を払いながら、前へ進んだ。

ビールを呑んでいたからほろ酔いで、そんなんで森に入っていいのかどうか少し心配だったけど、中に入ったら、大丈夫だということが分かった。

森は、シミズタ&ケイスケと入ったときとはまた様変わりしていた。

あのときはなんとなく、怖いような、人を寄せつけないような感じがしていたのだけど、きのうは迎え入れられている感じがした。

森が、嬉しそうにしているみたいな感じ。

森という体を揺らしているみたいな。

森は畏れ多くて怖いときもあるし、誰か人が入ったせいで空気が荒らされ、怒っているような感じがするときもある。

シミズタたちのときは、木が倒れていたり、道ができていたりしていて、荒らされている感じがあった。

郁子ちゃんと入った森は、緑がいきいきとして、みずみずしく、きれいな水みたいな声で鳥が鳴き、キノコもあちこちに生えていた。

泉までの斜面も、やすやすと降りられた。

い「入っちゃおうか」

私「うん。入ろう」

靴をぬいで泉に入った。はじめて、入った。

いつもは神聖な感じがして、中に入るなんて思いつきもしなかったのだけど、「いいですよ」と言われているような感じがしたから。

郁子ちゃんは泉のところで歌ってくれた。歌というより、声を出した。

声の音楽。

とてもよく響いていた。

私も真似をしてみた。

最初はうまくいかなかったけど、教わっているうちに、うまくできるようになった。

い「高山さん、自分の体を笛みたいに思ってね、声を出してみて。響かせるみたいに。うん、そうそう。できてる、できてる」

郁子ちゃんが先に歌って、ひと呼吸おき、そのあと私も同じフレーズを歌った。

帰り道でも歌った。

なんだか、離れたところにいる動物どうしが、声を響かせ応え合っているみたいな感じだった。

そのあとは、六甲道の駅まで散歩したり、私がいつもお参りしている神社へ案内したり。

夜もまた屋上に上って、夜景を眺めながらワインを呑み、いろいろな話をいっぱいした。

今朝は、『とと姉ちゃん』を見たいから私は八時に起きたのだけど、郁子ちゃんはぐっすり眠っているようだった。

きっと、ライブで使い果たしたんだろうなと思って、私はそっとしておいた。

起きてきたらまた、ゆうべの続きみたいになった。

沈黙の時間も含め、郁子ちゃんと話していると、なんか、テレパシーみたいな感じになる。

言葉で説明しなくても、大事なことを伝え合える。

そのことを思い出した。

今日はとても暑く、夏が戻ってきたみたいだった。

また屋上で洗濯物を干し、こんどは森ではなく、ハイキングコースの方の山に上ったり。

少しずつ夕暮れに染まってゆく空と、夕陽の照り返しで、発光する船や海を眺めながら、屋上でビールを二缶ずつ呑んで、柿ピーをつまんだ。

暗くなるまでそこにいて、さっき、郁子ちゃんはタクシーで帰っていった。

私はこのところなんとなしに元気がなく、心の置き場所が定まっていなかった。

でも、郁子ちゃんが来てくれたおかげで、また、動き出したような気がする。

＊9月のおまけレシピ

ハモの炊き込みご飯

米２合　ハモ（骨切りしたもの）約100g　だし汁、白ごま各適量
その他調味料（４人分）

東京に住んでいたころには、高価すぎてなかなか買えないハモでしたが、神戸ではこの時季、骨切りをした淡路島産のものが１尾分700円ほどで手に入ります。私はこのハモをごま油で香ばしく焼き、粗塩とスダチだけで食べるのが大好き。スーパーによっては切り落とした骨もついてくるので、弱火のフライパンでじりじりと焼き、骨せんべいにしてパリパリ食べます。

日記に登場するのは、保存のため味噌漬けにしておいたハモを使っているけれど、ここではシンプルに、ごま油で白焼きにして炊き込むだけのレシピをお伝えします。白い身の美しいハモと、お米の白、そして香ばしくいった白ごま。ハモならではの繊細さが際立ちます。このご飯を「MORIS」の今日子ちゃんにお土産に持っていったら、「ご飯と思って口に運ぶと、ふっくらしたハモだった喜び、目が開きました」と嬉しいメールが届きました。


では、作り方です。

米をといで炊飯器に入れ、酒大さじ１、塩小さじ1、薄口醬油小さじ½とだし汁を合わせ、いつもの水加減に。ざっと混ぜたら、そのまま30分ほど浸水させます。

ハモは３cm幅に切り、ごま油を薄くひいたフライパンで身の方から焼きます。ほんのり焼き色がついたら裏返し、皮目も軽く焼いて、炊飯器のお米の上に並べます。上からごま油小さじ２をまわしかけ、スイッチオン。炊き上がったら10分ほど蒸らし、香ばしくいった白ごまをたっぷり加え、ハモがつぶれないように、大きく混ぜます。

このご飯には、しば漬けがよく合います。

7月

13日
夜ごはん。オムライス（ご飯はソース味、卵の上には
ケチャップ味の炒めたハム・中野さん作）。

18日　夜ごはん。ソーセージと小松菜の辛い
ケチャップチャーハン、茄子とオクラの冷やし鉢など

25日
昼ごはん。ゴーヤーと胡瓜のポン酢醤油、
ゴボウと切り干し大根と牛コマの炒り煮、
雑穀ご飯など。

8月

13日
夜ごはん。麻婆茄子春雨を作り、
おにぎり（枝豆の炊き込みご飯）と
雑穀ご飯を盛り合わせた。

21日
昼ごはん。釜揚げしらす、
生姜醤油、スダチ、納豆、
中野さんのお母さんのらっきょう。
いちばん好きな献立。

9月

1日

8日

19日
夜ごはん。「コープ」にはブリの切り身1切れパックが売っているので、とても助かる。

25日
早起きして焼いたパンの朝ごはん。
ももハム、白菜の塩もみサラダ、
バター、はちみつ、ミルクティー。

10月

6日

7日

8日
スーパーの秋刀魚の唐揚げと
玉ねぎ、ピーマン、塩もみ人参で南蛮漬けに。

9日

11日

14日

１０月

21日　夜ごはんのオムライス。

24日　昼ごはん。
「暮しの手帖」の澤田さんが送ってくださった
丹波の黒枝豆で、クリームスパゲティ。

夜ごはん。中野さんの実家で採れた新米を
土鍋で炊いた。

28日　夜ごはん。メンチカツもどき
（24日のハンバーグの焦げたところをけずって）。

29日　夜ごはん。平目の煮つけ、
さつま芋の炊き込みご飯など。

30日　夜ごはん。
さつま芋の炊き込みご飯と、
小松菜と卵の炒めものの残りを合わせ、
チャーハンにした。

１１月

14日　夜ごはん。塩鮭、大きな蕪の薄味煮。

19日 紅玉を煮てりんごジャムを作った。

20日　夜ごはん。スーパーの肉だんごに
玉ねぎとピーマンを加え、酢豚風に。

24日　昼ごはんの、ぶっかけそうめん。

29日　夜ごはん。
アリヤマ君たちにこしらえたおでんの残り、
水菜と焼き椎茸のごま和え。

夜ごはん。ブリの照り焼き、ハムエッグ（水菜の塩炒め）など。

2日　天気がいいので2階の寝室で朝ごはん。

１２月

3日 夜ごはん。おでんの残りでカレーライス。

5日 お昼ごはんの冷麺（ゆかりおにぎりがあるので麺は半量。大根＆コチュジャン＆いりごま）。

22日　夜ごはん。
蓮根フライと、蓮根肉巻きフライ、
蓮根の薄味きんぴらなど。

26日　昼ごはんの、いり卵サンド（中野さん作）。

28日　朝ごはん。イブの日にいただいた
今日子ちゃんの花梨のジュレをトーストに。

クリスマスが終わったあとのツリー。

2016年10月

ヒリヒリするような心もとなさ。

十月五日（水）
静かな雨

『帰ってきた日々ごはん②』のサイン用の本が届く日かと思って、八時前に起きた。

メールを確認したら、届くのは明日とのこと。

なので今日は、お醤油キットでペットボトルに醤油を仕込んだ。

これは、きさらちゃんから教わった。

去年仕込んだという、きさらちゃんのお醤油を味見させてもらったら、ものすごくおいしかったので、私も今年注文してみた。

このキットは、青ヶ島製塩事務所というところで作っているそうです。

「ひんぎゃの塩」で作った水塩と、「醤油用大豆麹（小麦入り）」を混ぜて、あとは発酵のガスをぬくために、ペットボトルのフタを一週間ばかり毎日開け、よくふって混ぜる。

そのあと、ガスをぬく回数は、だんだん減らしてゆけばいいらしい。

とにかく、よく振って混ぜること。

説明書には、「ペットボトルの醤油は仕込んだ日から九カ月以上かけて発酵分解・熟成します。仕込んだ『もろみ』は、できあがるまでしっかりふり、美味しい醤油に育てます」と書いてある。

大豆麹（茶色と緑を混ぜたような色の、いい匂いのするものだった）を、漏斗《じょうご》と菜箸を使って、こぼさないようペットボトルにちょっとずつ入れるのも、なんだか楽しかった。

こういうのは楽しい手間だ。

そのあと、ベッドで泯さんの本を読んでいたら、またたまらない眠気がやってきて、ぐーっと深く眠った。短い時間だったけど。

泯さんの本を読んでいると、どういうわけかいつもそうなる。

眠りながら、体に言葉をしみ込ませているような感じなのかな。

目覚めてすぐ、また本の続きを読んだ。

読んでいるとき、大きな風が吹いていた。

大気やら水滴やら、私の体の中の何やらが、出たり、入ったりしている。

このことは「おいしい本」に書き加えよう。

しばらく日記を書けなかったけれど、郁子ちゃんが帰ってからは、「積水ハウス」のブログの取材をしてくださる方々が東京からいらっしゃり、打ち合わせをした。

その次の日には、中野さんがいらした。

次の日に、鈴木加奈子ちゃん（神戸在住の編集者）と『ほんとだもん』の打ち合わせをし、泯さんのダンスを見に京都へ行き、そしたら偶然、横断歩道のところで、お絹さんと

カレーライス
（冷凍しておいたビーフカレー）

村上さん（中野さんの古くからの友人）に会うことができ、その次の日には、また別々に京都に行って、中野さんは筒井君と打ち合わせ、私は平安神宮の近くの本屋さんで、「メリーゴーランド」の鈴木潤ちゃんとトークイベントをした。

次の日には、つよしゆうこさん（中野さんの友人の絵本作家）の展覧会を見にいって、三人で焼き肉を食べた。

あちこち出かけた次の日は、朝からとても静かな雨が降っていて、私は書きたいことが上ってきたので「クウネル」のコラムを書き、中野さんはずっと絵を描いてらした。

そんな日々だった。

夜ごはんは、カレーライス（冷凍しておいたビーフカレー）。

お風呂から出て、二階の寝室に上ると、夜景のきらびやかさにいつもハッ！　となる。

心鎮まる、寝るまでのこの時間が大好きだ。

十月六日（木）快晴

七時半に起きた。

ひさしぶりの晴天。

真っ青な空に、クジラみたいな雲が光っている。

海もきらっきらしている。
ペットボトルの醤油のガスをぬき。よく振って、朝風呂。
二階の窓枠に布団を干した。
光があんまりすごいので、写真を撮った。
こういう日は、気持ちもカラッと晴れ渡る。
洗濯機を回しながら朝ごはんを食べ、「おいしい本」と「気ぬけごはん」の校正。
屋上に立ち、ぐるっとゆっくりまわりながら、山、海、空を眺めた。
本当にすばらしいお天気だ。
洗濯物もはためいている。
さっき、『帰ってきた日々ごはん②』が百冊届いた。
二階の部屋で、窓の方に机を向け、海が眺められるようにしながらサインした。
感謝の心を入れて。
この本が、この海の上を羽ばたいて、みなさんのところへ届きますように。
とてもいい気持ち。
そのうち陽が落ちてきた。
慌ててやるのはもったいないなあ。

今、中野さんからものすごい絵が送られてきた。

絵本や物語には、到底収まらない絵。

どうしよう。

ビールを呑んじゃおか。

十月七日（金）快晴

今朝もまた、晴れ渡っている。

朝早くから、太陽が当たっているところの海が、白く光っている。

キッチンに下りたら、いのいちばんに手作り醤油のペットボトルのフタを開け、ガスをぬいて、よく振った。

日課があるってすばらしい。

『とと姉ちゃん』は終わってしまったけれど、これからはこれを朝のお楽しみとしよう。

プラスチックのゴミを出しにいき、森の入り口まで散歩した。

紫や瑠璃色に色づいている野葡萄をひと枝いただく。

今日は、赤澤さんがいらっしゃるから。

洗濯物を屋上に干し、あちこち掃除した。

十一時ごろにメールが届いた。

そろそろ六甲駅に着くのだそう。

新幹線でいらっしゃるのかと思ったら、京都の河原町から阪急電車に乗ってくるのだそう。しかも、駅から歩いてくるらしい。

さすがは赤澤さん。

きっと、自分の足で歩いて確かめないと、何も分からないからだ。

編集者魂だ。

料理本作りをはじめられるかどうか、いやいや、まだそれ以前のぼんやりとした感じなのだけど、ここ最近、ようやく心が落ち着いてきて、絵本以外の何かをはじめたいような気持ちになってきたので、「遊びにきませんか?」とメールをしたのです。

前々からのお約束だったし。

そしたら、たまたま赤澤さんが大阪と京都にいらっしゃる日と重なった。

それで旅程を一日延長し、まずは、私がどんなところでどんなふうに暮らしているか、のぞきにきてくださることになった。

小学校のころの家庭訪問みたいで、ちょっとどきどきする。

私は、そのままを見せようと思う。

いらしたら、屋上でビールでも呑もう。

パンも練って、ただいま発酵中。

さて……。

玄関の網戸を勝手に開け（ハワイの民家ではよくあること）、赤澤さんがうちに入ってきた第一声は、「おつかれさまでーす。――ここから先は、靴をぬいで廊下を歩きながらおっしゃったこと――もう、高山さん、言ってくださいよー。なんだよー、もう、すごいなあ、坂、坂、坂。あの坂を、上らなきゃならないなんて。あんなに急だとは誰も思わないですよー。いくらなんでも、あんな急な坂。もう、メールで教えてくださいよー。上るのはちょっとたいへんですよとか、急ですからタクシーの方がいいかもしれません、とか。私は何度も立ち止まって、休みながら来ましたよ。何度休んだか分かりませんよ。タクシーで来ればよかったって、何度も悔やみましたよー」。

しかも私は、ワインやらトマト、ソーセージなど、買い物を頼んだのだ。

赤澤さんは茄子、椎茸、モッツァレラチーズも追加して持ってきてくださった。

両肩には旅の荷物、右手にはずっしりと重い、スーパーの買い物袋。

私はのっけから大笑い。

笑いながら、下町のまぶしい太陽みたいな、吉祥寺の家に入ってきたときとまったく変わらない、ざっくばらんな赤澤さんの感じがたまらなく懐かしく、涙が出た。

私の方では赤澤さんのことだから、ふだん私がやっているままを、あえて試してみようという意気込みなのかと思い込んでいた。

それにバスで来たんだったら、その先の坂は距離が短いし、ぜんぜんたいしたことはない。

長野君（「暮しの手帖」の引っ越し記事の写真を撮ってくださった）と赤澤さんはよく一緒に仕事をしてらっしゃるから、坂の話も、私がいつも買い物をしているスーパーの話も聞いているんじゃないかと思って。

そしたら赤澤さんは、わざと何も聞かないようにしていたのだそう。

「暮しの手帖」も、まったく読んでいないのだそう。

赤「だって、この目で見るまでは、何にも入れたくないじゃないですか。ちゃーんとこの目で、体で確かめないとですよ、高山さん」

私「アハハハ、じゃあほんとに、体でちゃんと確かめられたじゃないですか」

赤「そうですけどー」

赤澤さんは玄関を入ってすぐに、とても安心したのだそう。

私の匂いが溢れ出ていたから。

そして、「吉祥寺の家とぜんぜん変わってないですよ。見た目とか広さとかは違うけど、空気が同じです。台所もほとんど変わってないです」とおっしゃっていた。

そうか、そうなのか。

パンを焼きながら、ふたりでキッチンに立ち、ちゃちゃっと料理した。

私が作ったのは、じゃが芋とにんにくの鍋蒸し焼き（これは中野さんに教わった。ル・クルーゼの鍋のおまけのレシピに書いてあったのだそう。鍋のフタについた蒸気は落とさないのがコツなのに、私はがさつだから何度か落としてしまった。ホクホクでおいしかったけど、時間をかけすぎたせいもあり、じゃが芋の皮にしわがよった。とちゅうで加えた椎茸は、もんくなしにおいしかった）、トマトとモッツァレラのカプレーゼ（赤澤さん作。柚子こしょう＆ごま油）、トマトとモッツァレラと椎茸のオーブン焼き（私のアイデアで、赤澤さん作。パルミジャーノのおろしたのがあったので、かけて焼いてみた）、焼きたて食パン（バターとオイルサーディンをのせて食べた）、カヴァ（スペインの発泡ワイン）、ビール。

屋上にも上って、呑んだ。

赤「高山さん、すごいですねえ。この空、この山。やばいですよー、この陽射し。サングラスをしないと白内障になりますすよ」

私「うん。下りて持ってくる。ビールも持ってこようか」

赤「はい、持ってきてください。とにかく高山さんは、もうがまんしないでください。なんでもやりたいことを、ずんずんやってください。そして、私たちに見せてください。暮らしでも、料理でも、食べた物でも、何を思ったかでも、森のことでも、坂道のことでも、どんなことでも何でも記録しておいてください。書いてください。それが、そのまま高山さんの料理になるんですから。本になるんですから。こういうこと、ホントは私はあんまり言いたくないですけど、高山さんは有名人なんですよー。みんな、待ってるんですから。ていうかー、私が読みたいんです。書いてください。もうー、高山さん」

私はよく笑い、汗みたいに涙が出た。

ありがたくて、楽しくて、時間だけがどんどん過ぎていった。

帰り際におっしゃったこと。

赤「ひとつだけお願いしていいですか？　高山さん、体だけは気をつけてくださいよ。ごはんをちゃんと食べてください」

私「ごはん、いつも作ってるし、ちゃんと食べてるもん」

赤「アハハハ、そうですよねえ」

赤澤さんはこれから大阪に戻り、飲み屋へ寄って、今夜のうちに鎌倉に帰るのだという。

東京からいらっしゃる編集者さんは、みんなお忙しいから、新幹線で新神戸までパーッと来て、タクシーで坂を上って、下り、また新神戸から新幹線でパーッと帰るのが当たり前なのに。

赤澤さんは、行きも帰りも阪急電鉄だ。

四時過ぎに、男坂の方をふたりで下って、いつもの神社でお参りし、六甲駅へ向かった。

駅の近くのチケット屋さんで、赤澤さんは梅田までの切符を買った。

ここで買うと、半額になるんだそう（これまで私は、この店は何なんだろうとずっと思っていた。これからは私も真似しよう）。

赤「高山さん、Ｓｕｉｃａなんか使ってたらだめですよ。関西はいいですよねえ、こういう店がふつうにあるんですから。大好きですよ、助かりますよーほんとうに」

ギャラリー「ＭＯＲＩＳ」をちらっとのぞいて、今日子ちゃんとヒロミさんに赤澤さんをご紹介し、「六珈」さんでアイスコーヒーとおいしいホットサンドを食べ、八幡さまにお参り。

改札でお見送りしたとき、私は泣かないよう、お腹に力を入れてがまんした。

別れてから、ティッシュペーパーやら、洗剤やら、強力粉やら、重たいものをわざわざいろいろ買って、タクシーに乗った。

じゃが芋とにんにくの鍋蒸し焼きの残り
人参とキャベツの塩もみ

三千円のタクシー券が当たる抽選の紙を、運転手さんに渡さないといけない。締め切りが十月十日までなので。

帰ってきたら、中野さんから新しい絵が届いていた。

またしても、絵本には収まらないような、私ひとりで見ているのがもったいないようなすごい絵だった。

中野さんは、十月十二日から十九日まで、東京で展覧会を開きます（銀座の「枝香庵《えこう》」にて）。

みなさん、よろしかったら観にいってください。

夜ごはんは、じゃが芋とにんにくの鍋蒸し焼きの残りと、人参とキャベツの塩もみ（明日の朝ごはん用に作りながら、つまんだ）だけ。

スーパーで秋刀魚《さんま》の唐揚げを買ったのだけど、お米もといでおいたのだけど、そういえば昼間からずっと食べっ放しで、お腹がいっぱいだったことに気づいたので。

といだお米は、冷蔵庫に入れて寝た。

十月十日（月）快晴

今朝の朝焼けは、空がまっぷたつに分かれていた。

上がオレンジで、下が白。

強い風が吹いていて、窓を開けたら、空気が冷たかった。

今年はじめての寒さ。

冬のはじまりのような寒さ。

カーテンを閉めて目をつぶっていたのだけど、だんだんに明るく、目の中が白々としてきたので起きてしまう。

太陽が昇ったら、気温も上がってきた。

細かなところまで、くっきりとした鱗雲だ。

窓の端から、端まで。

青空に、太った白蛇が横たわっているよう。

こんなにすごい空、見ないともったいない。

コーヒーをいれて、急いで戻ってきて、ベッドの上で飲んだ。洋梨もむいた。

太陽に当たりながら、『きりのなかのはりねずみ』の絵本を読んだ。

子どものころ、陽に当たりながら、こんなふうに絵本をよく読んでいた。

好きなページを開き、匂いをかいで浸っていた。

今はもうお母さんに怒られることもないし、朝ごはんを待っている人もいないから、いくらでもそれができる。

続いて、きのう図書館で借りてきた『マーシャと白い鳥』を読み、朱実ちゃんの『ヤマネコ毛布』を読んだ。

パソコンを取りに下り、ベッドの上で「おいしい本」を書きはじめた。

あっという間に十時を過ぎ、朝風呂に入って、朝ごはん。

今朝は、ペットボトルのお醤油を混ぜるのが遅くなってしまった。

海の色がやけに青い。

風が強いからだろうか。

この間から私は、パソコンを二階に持ち込んで、空や海を眺めながら仕事をするようになった。

今日やったのは、あさっての取材（「積水ハウス」の）で言いたいことをまとめるのと、アノニマから頼まれていた、おすすめ本五冊のコメント書き。

明日は、十一時くらいに平凡社の編集さんが東京から打ち合わせにいらっしゃるので、今日のうちに掃除しておこう。

今は夕方の五時前、まだまだ海が青い。

夜ごはんは、冷麺（ワカメ、大葉、トマト、キムチ）、餃子（いつぞや作って冷凍しておいたのを焼いた)。

十月十五日(土) 快晴

いいお天気だこと。

今朝は、太陽が当たっている海のキラキラの幅が大きかった。

屋上に洗濯物を干しにいったら、少し歩きたくなって、そのままエレベーターで一階まで下りた。

森の入り口までのつもりが、あまりによく晴れ渡り、山も光っていたので、中まで入ってみることにした。

サンダルばきだけど、行けるところまで行ってみようと思って。

森の中は、木漏れ陽が射して、落花生みたいな匂いがしていた。

湿った土っぽいんではなく、乾いた匂い。

ぼんやりと明るい空気。

歩いても、歩いても、怖い感じがちっともしない。

枝を一本拾って、その枝で蜘蛛の巣を払いながら、ゆっくりゆっくり、郁子ちゃんに教わったときのことを思い出し、歌いながら歩いた。

気づいたら、泉（ずっと泉と呼んでいるけども、小さな滝壷のことです）を通り越し、斜面を伝う清流のところまで上っていた。

泉に下りるところの斜面の雰囲気が、いつもと変わっていて、気づかなかったみたい。

そこにはビーバーが枝を集めて作ったようなダムがあり、きれいな水がたまっていた。

こういうのことを、何と呼ぶのかな。

きれいな水がたまっているところは、何でも泉と呼びたいのだけど。

小さな泉の水は、斜面の岩を伝って下に流れ落ちている。

そこをまたいで渡り、向こうの岩に腰掛けた。

枝葉の隙間から陽が射し込み、水面の照り返しが顔に当たって、そこだけ熱い。

泉の水は、足をひたすと氷みたいに冷たかった。

アメンボが何匹かスーイスーイ。近寄っていっては、くっつきすぎるとびっくりしたように、スイッと離れる。

鳥が鳴いている。

しばらくぼおっとしていた。

背中の方で、何かが落ちてきた音がした。

たぶん、どんぐりの丸い大きな実だろうけれど、石が落ちてきたみたいに大きな音だった。

それを合図に立ち上がり、また、下りてきた。

私は今日、はじめてひとりで森へ入ることができた。

そういえば、森だ、森だとずっと言っているけども、これだって林だろうな。

林というか、正しくは山林と呼ぶのだろう。

でも、森の方が響きがいいから、これからもそう呼ぶことにする。

しばらくの間、なんとなしに落ち着かず、日記が書けなかったけれど、いろいろなことがあった。

まず、平凡社の編集者さんと新しい本を作ることになった。

連載ではなく、書き下ろし。

これから少しずつ、書きためてゆこうと思う。

これは、食べ物にまつわるエッセイの本なので、「たべもの作文」と呼ぶことにしよう。

次の日には、「積水ハウス」のブログの取材の方たちが、東京からいらした。

十二時から撮影がはじまって、夕暮れの時刻まで、たくさん写真を撮っていった。

長時間の取材だったけど、とても気持ちのいいチームだったので、リラックスしてやれた。

そして、その次の日だったか、急に思い立ってプロジェクターを二階の寝室に持ち込み、セットした。

パソコンにつなぐのも、自分でいろいろ調べ、ああでもないこうでもないとやっているうちに、ちゃんと見られるようになった。

おとついは、グールドの『バッハ・コレクション』と、ユーリ・ノルシュテインのアニメーション『霧につつまれたハリネズミ』と、『狐と兎』と、『話の話』。

寝る前には『やかまし村の子どもたち』も見た。

ゆうべは、『ハル、孤独の島』。

「高山ふとんシネマ」ならぬ「高山ベッドシネマ」だ。

きのうは、修理屋さんに頼んでいた靴を受けとりにいくついでに、図書館にも行った。

吉祥寺の図書館では、絵本のタイトル名がアイウエオ順だったけど、ここは出版社ごとのアイウエオ順に並んでいる。

なので、「あかね書房」の棚から順番に、おもしろそうな絵本を選んで借りることにした。

ひとりの暮らしが、少しずつ豊かになってきている。

夜ごはんは、めちゃくちゃチャーハン（ふりかけのおにぎりを炒め、さつま揚げ、小松菜、天かすを加えた)、茄子のオイル焼き。

テレビを見ながらごはんを食べようとしたのだけど、つかない。

どうやらチューナーの様子がおかしいらしい。

私がDVDばかり見ていたから、やきもちを焼いたのだろうか。

テレビがなくても、まあ、よしとしようか。

『とと姉ちゃん』も終わってしまったし。

十月十七日(月)
雨のち晴れ

ゆうべは、雨の音が聞きたくて、窓を少しだけ開けて寝た。

朝方、強くなったので、閉めた。

柱時計が四つ鳴って、その次に六つ鳴ったので、もう起きてしまう。

天気予報でも雨だと言っていたし、このまま降り続くのかな。タクシーに乗るとき、傘がいるなあ……などと思いながら寝ていた。

そしたら、そのうちに止んで、薄陽が射してきた。

ゴミを出しにゆき、森へは行かずに戻ってきて、エレベーターに乗ったついでに屋上に上って、ハンガーをとりにいった（きのう、物干しざおにかけたまま忘れていたので）。

屋上は、青空がいっぱいに広がっていた。

海の向こうに見える紀伊半島（「積水ハウス」のカメラマンさんに教わった）の山が、蒼い山脈のようになっている。

洗濯されたみたいな空に、真っ白な雲。旅の空だ。

屋上にカラスの羽根が一本だけ落ちてきたので、もらってきた。

さて、これからあちこち掃除機をかけたら、タクシーを呼んで、東京に出かけます。

中野さんの展覧会を見にいくのが主な目的なのだけど、「＆Ｐｒｅｍｉｕｍ」の小さな取材や、『たべたあい』の帯文の確認、イベントの打ち合わせの予定も入れた。

十八日は、ちよじの家に行って、くんじと遊ぶのもとても楽しみ。

その日はたっぷり遊んで、中野さんのライブペイントを一緒に見にゆく。

川原さんにも会えることになった。

夜は、マキちゃんの部屋に泊めてもらえる。

あの、空がでっかく見えるマンションの、五階の部屋。

一泊目はふたりで寝て、二泊目からはマキちゃんが実家に帰るので、私ひとりで泊めてもらえる。

「ホテルみたいに、バスタオルとか歯磨き粉とか何でも使ってくださいねー」と言われている。

本当に、助かるなあ。

十月二十四日（月）快晴

今朝の陽の出は、控えめなきれいさだった。

オレンジ色がひとすじだけ、まっすぐに伸びていた。

カーテンを開けてそれを確かめ、しばらく目をつぶっていたのだけど、東の森（猫の形をした木々の集まり）から太陽が顔を出したので、もう起きてしまう。

カーテンを開け、眩しい光を部屋いっぱいに入れた。

満月の女の子の絵にも、黄色い光が当たっている。

この絵を中野さんが描いてくださったのは、去年の七月三十一日（サインがある）。

あのころにはずいぶん痩せっぴいだった女の子は、今では私の体に入り、背骨のようなものになっている気がする。

私はこのごろ、神戸へやってきてよかったのだと、心の底から思えるようになった。

朝風呂に浸かり、朝ごはんを食べ、あちこち掃除した。

白菜と生ハムのサラダ
キノコスープのパイかぶせ
ハンバーグ

流しのところで包丁を研ぎながら、窓を見て驚いた。

今朝の海は、ことのほかきらきらしている。

街や建物もくっきりと、近くに見える。

道路を走っている車もちゃんと見えるし、歩いている人まで見えそうなくらい。

空気がよほど澄んでいるのだ。

これから加奈子ちゃんと中野さんがいらっしゃって、『ほんとだもん』の打ち合わせ。

今日は、中野さんのお誕生日でもあるので、リクエストにお応えしてハンバーグをこしらえる予定。

夜ごはんは、白菜と生ハムのサラダ（玉ねぎドレッシング）、キノコスープのパイかぶせ（玉ねぎ、黒なまこ茸、舞茸、生クリーム、冷凍パイシート）、ハンバーグ（マッシュポテト添え）、白いご飯（中野さんの実家で採れた新米で）、カヴァ、赤ワイン。

スープのパイはふっくらと香ばしく膨らんで、とてもうまくいった。

ハンバーグを『料理＝高山なおみ』のレシピを見ながら真面目に作ったのだけど、片面を焼きすぎて、笑ってしまうくらいに焦がしてしまった。

おもしろかったので、写真を撮った。

十月二十六日（水）
曇り一時晴れ、天気雨、虹

きのうは、お弁当を持って遠足に行った。

天王山の中腹にある、古い洋館の大山崎山荘美術館へ。

中野さんが保育士をされていたころ、子どもたちを連れてよく天王山へ登っていたんだそう。

モネの睡蓮の絵が何枚も飾ってある部屋で、「じっと見ていると、おもしろいですよ」と中野さんに教えられた。

しばらく見ていたら、絵のあちこちに、いろんなものが浮かび上がってきた。

池の向こうの森へと続く道、その奥の茂みの暗がり、池の水面にはライオンの顔。

中野さんは、色のひとつひとつが粒子の集まりのように見えるのだそう。

雨が降ったり止んだりのお天気だったけど、いい遠足だった。

今朝は、洗濯をして、朝ごはん。

いまは「空色画房」の絵を描いている。

これは去年の六月、大阪の「空色画房」に行った夜にみた夢の絵。

そこで私は、はじめて中野さんの絵を見た。

ひとりでは『どもるどだっく』の絵本を作れないけれど、もしかするとこの人の絵の力を借りれば、できるかもしれないと思った場所。

大きな窓があり、窓いっぱいに川が見える、とても気持ちのいい画廊だった。

夢の中の「空色画房」は三角形になっていて、壁にはたくさんの絵が飾られ、奥のとがったところで、おかっぱの女の人（画廊で会った方）が背中を向け、葉書のようなものにスタンプを押していた。

三角形の片側（実際とは反対側）の壁には、天井まで大きく切り取られたような縦長の窓があった。

窓の遥か下の方には、大きな川が横たわり、青いような黄緑のような透き通った水が、向こうから手前にゆったりと流れていた。

岸辺では、子どもたちが水浴びをして遊んでいた。

ひとりは麦わら帽子をかぶって、赤と黄緑だったか、赤と水色だったかの縞模様の半袖シャツを着ている。

水のかけ合いっこをして、はしゃいでいる声。

何かを叫び合いながら、笑いさざめいているきらきらとした明るい声。水しぶき。

そんなのが、水音に混じって私のいるところまで上ってくる。

子どもたちは川の中には入っていなかったから、夏ではなかったんだろうな。

窓のこちら側に立って、私ともうひとりの誰かが下をのぞき見ている。

そんな夢。

最初はひとりで描いていたのだけど、川の絵がどうしてもうまくできず、中野さんに手伝っていただいた。

中野さんは、黄緑と水色のパステルを順に塗り、その上から肌色を塗り重ねて指でこすり、白いクレヨンを上から塗った。

そして、水で濡らした筆で上から下になでたら、本当に川が流れているようになった。

夢をみた日には、まさかこんなふうに、中野さんの隣で自分が絵を描いているなんて思いもしなかった。

でも、私の中の小さい女の子は、こうなることを分かっていたような気がする。

お昼ごはんは、チャーハン弁当（中野さん作）を屋上で食べた。

三時ごろ、お天気雨が降ってきた。

窓からのぞくと、東の空に虹が出ていた。

夜ごはんは、中野さんをお見送りがてら、新開地の飲み屋で。

マグロの中落ち、マグロほほ肉のポン酢和え、納豆の磯辺揚げ、野菜の天ぷら（茄子、蓮根、大葉、さつま芋、椎茸)、おでん(大根、じゃが芋、さつま揚げ、牛スジ)、ビール、日本酒。

ここでお知らせです。

十一月三日から二十六日まで(木、金、土のみ)、「空色画房」で『どもるどだっく』の原画展を開くことになりました。

十月二十八日(金)
降ったり止んだりの雨

きのうは、夕ごはんを食べる前にふと思いつき、テレビとデッキをつないで、テレビ画面でもDVDを見られるようにした。

最初は声だけしか聞こえず、映像が映らなかったのだけど、「引っ越しノート」に記しておいた配線図(「暮しの手帖」に写真が載ったものです)をよく見直し、コードを差しかえてみたら、ちゃんと見られるようになった。

苦手なことが少しずつできるようになって、それがひとつ、ふたつと、増えてきているのがとても嬉しい。

今まで、こういうことはぜんぶスイセイにお願いし、やってくれるのが当たり前のように思っていた。

私はずいぶん長いこと、感謝の気持ちをどこかに置き忘れてしまっていた。

誰かと四六時中一緒にいると、麻痺してくる。

その人といつまでも一緒にいられると思ったとたん、目には見えないくらいの微妙さで、関係はくすぶり、こわれはじめる。

ひとりだと、いつだってヒリヒリするような心もとなさと隣り合わせだ。

だから、誰かと一緒にいる時間はとても濃く、世界がいきいきと感じられる。

最近は、孤独感のようなのも、少しずつ楽しめるようになってきたような気がする。

ひとりでいても、世界がいきいきと楽しく、濃い時間に感じられるようになったらいいのかなあ。

きのうは、夕飯を食べながら、ひさしぶりに『ムーミン』を見た。

風呂上がりにも続きを見て、寝た。

今朝は、明け方に新しい絵本のフレーズが上ってきたので、「ひらめきノート」にメモした。

八時半に起き、朝風呂、朝ごはん。

このごろペットボトルのお醤油は、一日にいちどフタを開けてガスぬきし、十五回ずつ

丹波の黒枝豆の白和え
メンチカツもどき
マッシュポテトのポテトサラダ

振っている。

ずいぶん肌寒くなってきたので、なんとなしに部屋の冬支度。

絨毯を敷いたり、冬用の座布団カバーにとり替えたり。

温湯ヒーターの使い方を教わろうと思い、エレベーターで下りたのだけど、管理人さんの部屋はカーテンが閉まっていて、今日はお休みのようだった。

二階にパソコンを持ち込み、たまっていた日記を書く。

今日の海は、灰色に水色が混ざっている。

空は灰色に、ほんのりとした黄色のスジが見える。

あとで、「空色画房」の夢の絵の続きを描こうかな。

夜ごはんは、丹波の黒枝豆の白和え（白ごま、ごまペースト、白味噌、きび砂糖）、メンチカツもどき（この間、黒焦げにしたハンバーグの残りに、パン粉の衣をつけ、フライパンでじわじわと焼いた。大成功のおいしさ）、マッシュポテトのポテトサラダ（マッシュポテトの残りに、玉ねぎドレッシングとマヨネーズと塩もみ人参を混ぜた）、豆苗（三回目の水栽培で生えてきたもの）の塩炒め、大根と大葉の味噌汁、さつま芋（中野さんの実家の畑の）の炊き込みご飯。

さつま芋ご飯がおいしくて、食べ過ぎた。

十月二十九日（土）快晴

ゆうべ、寝る前に窓を見たら、とっても不思議な感じになっていた。

一面灰色で、夜景がまったく見えなかった。

窓を開けると、雲の中にいるようだった。

下の電信柱や道路は見えるのだけど、街はぶ厚い霧に覆われて、一点の灯りも見えなかった。

こんなこともあるのだなあ、と驚いた。

夜景が見えないのはやっぱり淋しいな、と思いながら本を読んで、十時過ぎに寝た。

太陽が昇ると、ゆうべの霧が信じられないほどの快晴。

カーテンをぴっちり閉め、思い切り眠って起きたら十時だった。

なんだかとてもよく眠れた。

夢もいろんなのをたくさんみた。

朝ごはんは、二階の寝室の机で。

今日もまた、海がきらっきらだ。

風は強いけど、ちっとも寒くない。

窓を開け放ち、ベッドの上で絵本を続けざまに読んだ。

平目の煮つけ
小松菜と卵の炒めもの
さつま芋の炊き込みご飯

青空に、半透明のビニール袋がふらふらと舞っている。

糸の切れた凧みたいに。

みつけたとき、私は「わーっ」と声を上げ、笑った。

そのあとで、ふと見ると、街の方に灰色の薄い靄がかかっている。

それが近くにやってきて、霧のような細かい雨が降りはじめた。

手前の空気がふわーっと灰色になり、向こう側は晴れている。

みごとなお天気雨だった。

四時ごろ、急に体を動かしたくなり、図書館へ。

童話を三冊借り、スーパーで買い物。

行きは、山からの風に背中を押されながら下り、帰りは海からの風に押されながら上った。

夜ごはんは、平目の煮つけ（ゴボウも一緒に煮た）、小松菜と卵の炒めもの、大根と豆腐の味噌汁（大葉）、さつま芋の炊き込みご飯（ゆうべ、お弁当箱に詰めておいた）。

今夜は早めにベッドに入り、本を読もう。

十月三十一日（月）

晴れのち曇り

朝の六時半。カーテンだけ開けて、ベッドから半分顔を出し、窓の外を眺めた。
空は洗いたての水色。
朝陽が雲に透け、ところどころ虹色に光っている。
空全体が、一枚の大きな貝殻を裏返したよう。
しばらくすると、鱗雲の大群がやってきた。
そのうち大群はいくつかに分かれ、鳥の翼となった。
朝陽は、雲の後ろからゆっくりと昇っている。
今日もまた、新しい一日がはじまる。
せっかく太陽が出ていてもったいないので、パンを練った。
強力粉が少ししかなかったけれど、薄力粉を混ぜてみた。
正確には強力粉百七十グラムに、薄力粉二百八十グラム。
発酵させている間に、屋上に洗濯物を干しに上がり、そのままエレベーターで下りて、
管理人のおじいちゃんにヒーターのことを聞きにいった。
部屋に備えつけの温水ヒーターは、十一月の何日かになったら、つまみをひねればつく

ようになるのだそう。

管「はいー、そうなんですわ。建物全体が、いっぺんに使えるようになるんですわ。そうなったら、また、張り紙でお知らせしますから。ほんでももし、分からんようなことがあれば、いつでもおっしゃってくださいね。お部屋を訪ねてお教えしますから。私は素人で、（機械のことは）あんまりよう分からんのですけど、それでもちょいちょい直したりしますすんでね、はいー」

洗濯物を干しながら、屋上から眺めた山は、ちょっと前よりずいぶん黄ばんでいた。きのうは洗濯物を干さなかったから、たぶん、おとついよりもだ。

そのうち、曇ってきた。

こういう日は、パンの発酵は二階のベッドの上がいちばん。

座布団を敷いて、その上にのせた。

一階よりも二階の方がだんぜん暖かい。

暖かい空気は軽く、上にのぼる性質があるんだっけ。

パンを焼きながら、『たべたあい』の献本リストを作って、熊谷さんにお送りした。

お昼ごはんは、焼きたての食パンと、ソーセージのスープ（粗挽きソーセージ、大根、人参、玉ねぎ）。

ハヤシライス（赤い缶詰の）
白菜と人参の塩もみサラダ
さつま芋のオイル焼き

パンがとてもおいしい。

ずいぶん前、東北の震災があったすぐあとに「クウネル」の文を書いていたころ、強力粉と間違えて薄力粉でパンを練ったことがあった。

そのときに知ったのだ、パンは薄力粉でも焼けるって。

薄力粉で焼くと、フランスパンの生地みたいになって、そっちの方が好きなくらいだった。

さて、手紙を出しにポストまで坂を下りようかな。

けっきょく遠まわり散歩をしながら、酒屋さん（ここがいちばん近くにあるお店）でシードル（キリンの「ハードシードル」というのが気に入っている）を買い、いつものポストに投函し、坂を上って帰ってきた。

小学生の下校時間と重なり、ふたり連れの女の子が、ハモりながら歩いていた。

「みーあげてーごらんー よるのーほーしをー」

夕方、雑巾がけをしていたら、中野さんから新しい絵の画像が届いた。

手を止め、じーっと見入る。

夜ごはんは、ハヤシライス（「暮しの手帖」のトークのときに、丸善書店さんでいただいた赤い缶詰の）、白菜と人参の塩もみサラダ（玉ねぎドレッシング）、ゆで卵、さつま芋

（中野さんの実家の畑の。甥っ子が収穫したもの）のオイル焼き。

ハヤシライスもさつま芋も、とってもおいしくて、大満足のごはんだった。

冷やご飯が冷蔵庫にあったので、さつま芋を焼き終わった残りの油で炒めた。これが、バターライスもどきになって、さらによかった。

夜、中野さんの絵に言葉をつけた。

絵から遠いような、近いような、詩なのか歌なのかも分からないようなものが出てきたので。

明日は、「空色画房」の展覧会の搬入の手伝いで、大阪へ行く。

今夜は早めに寝よう。

十二時に、橋のところで中野さんとお待ち合わせ。

＊10月のおまけレシピ

じゃが芋とにんにくの鍋蒸し焼き

小粒じゃが芋12、3個　にんにく（大きめ）3片　ローリエ1枚
なたね油（またはオリーブオイル）大さじ4　その他調味料（3人分）

これは、中野さんのお得意料理。もとはといえばお姉さんがル・クルーゼの鍋を買ったとき、付録のレシピブックに載っていたのをたまたま作ってみたら、とてもうまくできたんだそうです。多めの油を熱し、フタをしてじっくり火を通すことで、じゃが芋がねっちり、ほくほくに蒸し焼きにされます。はじめて作ってもらったとき、そのおいしさに感激しました。皮の香ばしさもこたえられません。コツは、「火にかけたら、鍋のそばをつかず離れず。放っておくけれど、ほったらかしではありません。鍋の中の様子を、映像として想像してます。匂いや音とかが合体して届くんだと思います」とのこと。


じゃが芋はタワシで泥をこすり洗い、ザルに上げて水気をしっかりふき取っておきます。厚手の鍋に油をひき、じゃが芋と薄皮つきのにんにくを並べます。ローリエをのせ、フタをして中弱火にかけます。チリチリパチパチと音がしてきたら1分ほど待ち、ごく弱火にして15分放っておきます。パンパンと花火のような音がしますが、フタは開けずに火を通していきます。オイルに守られているので、焦げる心配はありません。

一度フタを開け、じゃが芋とにんにくをひっくり返して、すぐにまたフタをします。フタの表面についた水滴は、鍋の中に落とさないようにしてください。さらに15分ほど、蒸し焼きにします。

串を刺してスッと通ったら、塩と粗挽き黒こしょうをふってフタをし、しばらくおいて火を止めます。フタを開け、鍋をゆすってできあがり。

じゃが芋の皮にシワが寄ってしまったら、火の通し過ぎです。何度か作って、ころ合いのタイミングをみつけてください。

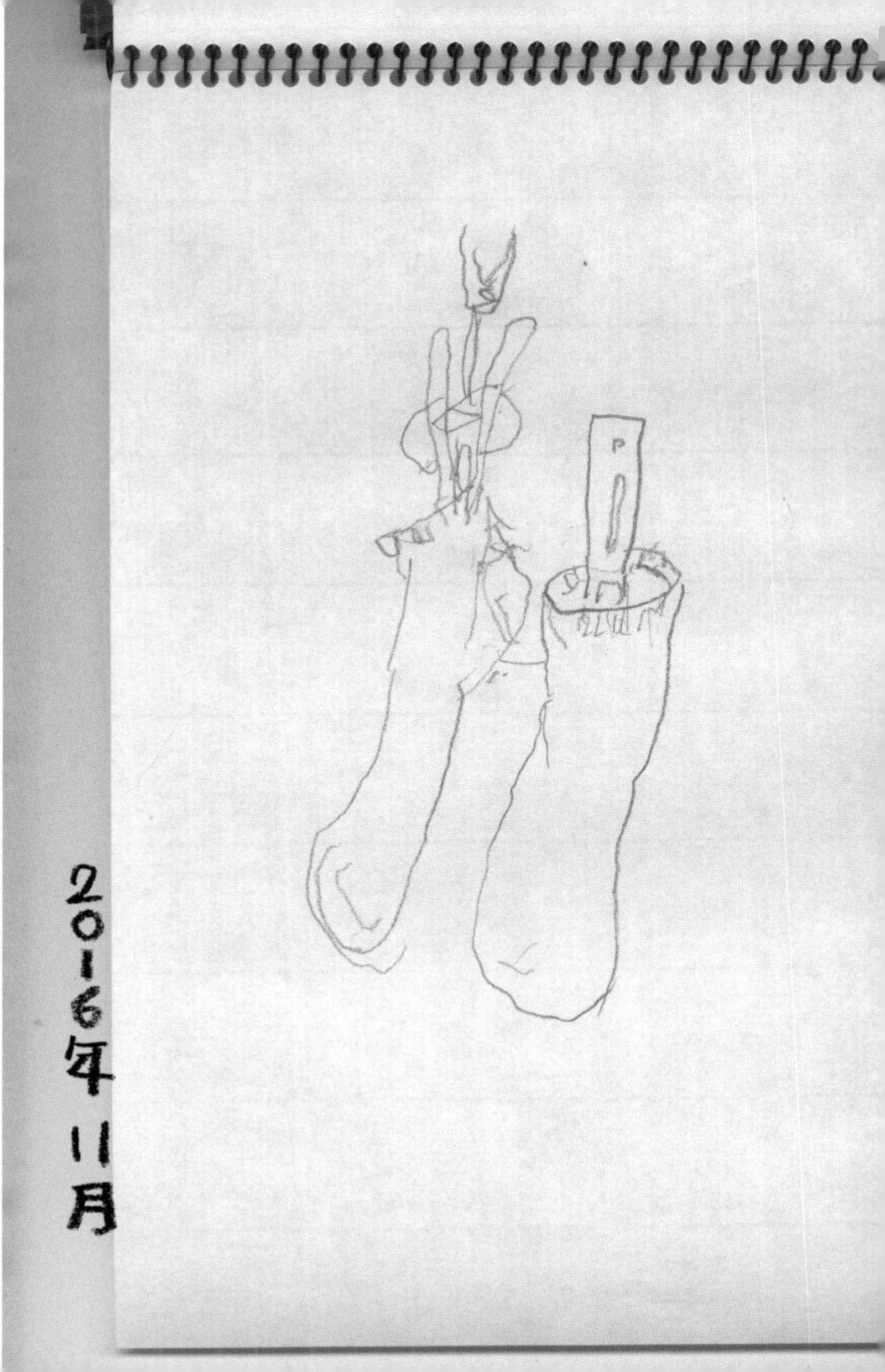

雨の音と、鳥の声があるから。

十一月二日(水) 晴れ

きのうの「空色画房」の搬入は、とても楽しかった。

まず、『どもるどだっく』の原画を藤井さん(私が夢の絵に描いた、おかっぱの女性)と一緒に手伝いながら、中野さんが壁に飾った。

次に、中野さんの新しい絵に、私がその場で思いついたタイトルをつけ、小さな紙に書いて絵の下に貼っていった。

絵ははじめて見るものと、見たことのあるもの(メールで画像を送ってくださったので)が半々くらい。

こんなことをしたら、絵の世界が壊れてしまうのではないかとも思うのだけど、「壊れてもいいんです。やってみましょう」と中野さんはおっしゃる。

それで、実験的にやってみることになった。

一枚一枚の絵の前に立って、なんとなしに浮かび上がってきた言葉のメモをとった。出てこないのはそのままにしておいて、あちこちふらふらと歩いては、また眺め、そのうち何かと何かがつながったり、見えないものが見えてきたり、いきなりのジャンプがあったり。

その間、中野さんも藤井さんも、それぞれの用事を黙々とやってらした。

私は、ぶつぶつひとりごとをつぶやきながら。

一枚の絵に、いくつも案が出てきてしまったものは、紙に書いて貼っておき、最後におふたりに選んでもらった。

二案出ていたのは、「なおみさん、ふたつ題があってもいいんじゃないでしょうか」と中野さんがおっしゃって、そうしたり。

六時ごろに終わり、川沿いのカフェで、赤ワインとソーセージで乾杯。

そのまま川沿いを散歩して、大通りや繁華街を通って梅田まで歩き、駅の飲食店街にある、古くからあるカウンターだけの小さな飲み屋で、私はハイボール、中野さんはウイスキーのロックとジンライムを呑んだ。

炒り銀杏（お店のお兄さんが、熱いからと殻をむいてくれた）、焼きみょうが（かつお節、醤油）、缶ごと温めたオイルサーディンをつまみに。

ここは、中野さんが芸大生のころ、先輩に連れられてよく入っていたお店だそう。

丸いカウンターの向こうで、赤いベレー帽をかぶったおしゃれなおじいちゃんがひとりで呑んでいた。

こういうところ、私も大好き。

今日は、朝ごはんを食べ、洗濯物を部屋干ししてから、てくてく歩いて出かけた。

遠まわりして六甲駅までゆき、三宮でリュックを買ったり、眼鏡屋さん（中野さんの家族が昔からお世話になっているお店）を教わったり。

モノレールにも乗った。

モノレールからは、光る海が見えた。

いつもうちの窓から、遥か下の方に見えていた景色の中を、たった今自分たちが走っている不思議。

「ＩＫＥＡ」のある駅で降り、冬の布団と布団カバーを買った。

「ＩＫＥＡ」は大きな倉庫みたいで、いろいろな色の何種類もの生活用品が何でも揃っていた。

量産品が大量に並んでいるお店は、世知辛いような感じがして私は苦手なのだけど、「ＩＫＥＡ」はなんだか違った。

天井がとても高く、広々としていて、ディズニー映画の『モンスターズ・インク』に出てきそうな夢のあるところ。

キッチンや子ども部屋、リビングなどのモデルルームも、実物大のおもちゃの世界みたいに見えた。そこを中野さんとふたりで歩いてゆっくり巡るのは、なんだか不思議なおも

じゃが芋のロースティ（IKEAの）
チーズ（IKEAの）
白菜と人参と胡瓜のサラダ

しろさだった。

レジを終えたところで食べた百円のホットドッグも、フライドチキンも、すごくおいしかった。

私が子どものころにこんなところへ連れてきてもらったら、夢に迷い込んだみたいな感じになって、学校だとか、家だとか、車が走っている道路とか、ふだん自分がいるところとどうやって区別をしたらいいか、分からなくなってしまっただろう。

帰りは、ちょうど夕陽が沈むところで、モノレールからの景色がもの哀しかった。いつも窓から見ているのと同じに、埋め立て地のいちばん遠くの方から、オレンジ色の灯りがともりはじめているのだった。

帰ったらもう真っ暗で、さっきまでいたところがすっかり夜景になっていた。

夜ごはんは、じゃが芋のロースティ（「ＩＫＥＡ」で買ったポーランド産の冷凍品。中野さんだけソーセージ添え）、チーズ（同じく「ＩＫＥＡ」で買ったスウェーデン産）、白菜と人参と胡瓜のサラダ、白ワイン。

夜八時ごろ、待ちに待った『たべたあい』の見本がリトルモアから届いた。

すごい迫力の絵、色、大きさ、手触り。

十一月三日（木）快晴

中野さんは大阪の画材屋さんにまわってから、「空色画房」に行くのだそう。

朝ごはんを食べ、ひと足先に十時ごろ出かけた。

私は掃除をしたり、洗濯したり、のんびり支度をして十二時近くに家を出る予定。

今日はいよいよ、「空色画房」のトークイベントの日。

さて、どうなることやら。

十一月四日（金）快晴

今日もまた、よく晴れている。

きのうのトークイベントは、思ってもみないような展開になった。

とても楽しく、心が震えた。

準備として、私はこれまでの日記をさかのぼり、絵本に関係のあるところを抜粋して、プリントアウトしておいた。

去年の六月に、はじめて「空色画房」に行った日から、中野さんとメールでやりとりをしながら、どんなふうにして『どもるどだっく』ができていったか。

「僕は、あんまりお話しすることがないです」と中野さんがおっしゃっていたので、私はそのプリントを、お客さんたちの前で読み上げようかと思っていた。

でも、トークがはじまったら、私はすっかりしどろもどろ。

中野さんは短く挨拶したあと、「空色画房」の展示のころのことなど、当時の状況（新しい絵が描けなくなっていたのだそう）をひとことだけ話すと、お喋りをする代わりに、私が送った手紙を読んでくださった。

それは、絵本作りがはじまる直前のものと、作りかけのとちゅうにお送りした二通。

自分でもすっかり忘れていた手紙の内容に、いろいろなことが蘇り、私はそのときのことを正確に、言葉を選びながら落ち着いた気持ちで話すことができた。

マイクなしなので、声が届かないかもしれないと思っていたのだけど、聞いてくださっているみなさんと、目に見えないやりとりをしている感じがずっとあった。

低く、太い声が、お腹から出ていたような気がする。

「空色画房」の夢の絵も、お見せしたりして。

あとは中野さんのリードのもと、『どもるどだっく』の朗読をした。

これまででいちばん気持ちよく、そのままの心で読めた。

そうしようと思って発音したわけではないけれど、どもるところは、ホーミーみたいな感じになった。

最後に、『たべたあい』を中野さんが朗読した。

作り声を出したり、おもしろおかしく読んでいるわけではないのに、あちこちでクスクス笑いが起きていた。

さて。

今日もまた、私のリクエストで「空色画房」に行くことになった。

いただいたお菓子も置きっぱなしだし、中野さんが画材屋さん（この間は閉まっていたそう）に行きたいそうなので。

画材屋さんでは、私も自分の買い物をした。

つけペンと茶色のインク、絵を描いてやぶると葉書になる小さなスケッチブック。

画材屋さん自体はとても落ち着く場所なのだけど。この近辺も、前にいちどだけ歩いたことがあったのだけど、なんだか遠い感じのする知らない街だった。

車も人も多く、埃っぽかった。

韓国料理の店が並ぶ市場も少し歩き、魚介を売っているお店で買い物をしようと思ったのだけど、大音量で歌謡曲（郷ひろみの歌）がかかっていて、頭つきの焼いた海老や、にぎり寿司（シャリもネタも大きい）などに、韓国や中国の人たちがむしゃぶりついているのを見たら、なんだか精気を吸い取られるような感じになった。

昔私は、アジアへよく旅に出て、そういうのが好きだったんだけどな。「空色画房」のあるあたりは、川がゆったりと流れ、空が大きく、どれだけ気持ちのいいところだったかよく分かった。

電車を乗り継ぎ、六甲駅に着いたらホッとした。

ここは静かで清く、心温かい。なんていいところなんだろう。

買い物をして、六時ごろに帰ってきた。

うちのアパートメントまでの小道の上に、三日月がきのうにも増して光っていた。

夜、母から電話があった。

この間、『たべたあい』を送ったので。

母「なーみちゃん、いやーあんた、すごい本ができたねえ。帯に、原田郁子さんという方が、バクハツ！　って書いてあるけども、お母さんもまったくバクハツしそうだっただよ。めくるごとに、もうドキドキしちゃって、この絵描きさんの絵は、ほんとうにすごいねえ。絵に力があるよ。すばらしいねえ。井上先生（近所に住んでいるおばあちゃんの友だち）にも読んであげただけど、ふたりしてドキドキしちゃってねえ。図書館にも持っていって、館長さんらとみんなで見たさや。図書館には、なーみちゃんのコーナーを作ってくれてあるだよ。あんたの本がみんな並んでるだよ。お母さん、嬉しいよう。こんどあん

鶏鍋
おじや（残りのスープで）

たが帰ってきたら、挨拶しに一緒に行きたいだよう」

寝る前らしく、入れ歯をはずしてベッドの中で話していた。

私が何か応えても、補聴器をはずしているからよく聞こえないらしく、「はあ？　何、なんてった？」と言う。

大きな声で喋るだけ喋って、さっさと電話を切った。

夜ごはんは、鶏鍋（手羽元、つくね、白菜、えのき、菊菜、長ねぎ、絹ごし豆腐、ポン酢醤油、ごま味噌ダレ、もみじおろし、小ねぎ、スダチ）、残りのスープでおじや（中野さん作。溶き卵、小ねぎ）、ビール。

十一月五日（土）快晴

ゆうべは、お鍋をして食べた。

台所で私が支度をしている間、中野さんはシャンパンのコルクで、いろんな人形を作っていた。

神社で拾った木の実を人形の頭に差したり、はじめからコルクに浮き出ている模様を活かして、顔を描いたり。

できかかったのを棚に置き、真剣な顔で長いことじっとみつめ、また何かをつけ加えたりしている。

その穏やかに流れる時間。

ゆっくり薬味を刻み、ごまをいってごま味噌ダレを作り、野菜や豆腐を切った。

私がお風呂に入っている間に、中野さんはつくねだんごを作ってくださった。

そのあと、中野さんもお風呂に入り、風呂上がりの温まった体で鍋をつつき合った。

今まで、鍋ものってそれほど好きではなかったのだけど、私ははじめて、「ああ、おいしい」と感じたような気がする。

今朝は、八時過ぎに起きた。

中野さんはいつものように先に起きていて、私が朝風呂に浸かっていると、コーヒーをいれているいい匂いがお風呂場までしてきた。

私はこのごろ、中野さんと一緒に過ごすことに対し、心が落ち着いてきたような気がする。

よく眠れるようになったし、夢もみる。

一階で中野さんが絵を描かれているときに、私は二階で書き物をして、それは私の個人的な仕事のこともあるし、合作の絵本や、詩や童話のようなもののときもある。

お腹がすいたらどちらかがごはんを作り、たまに屋上で、空や山を眺めながら食べたり。

また仕事して、洗濯物をとり込むついでに屋上へ上ったり、夕方の散歩に出たり。

同じ家にいながらにして、お互いの奥深く、自分にもぐることが無理なくできている気がする

今朝は、中野さんをお見送りがてら坂を下り、お墓猫（墓石のへこんだところでいつも寝ている）に挨拶をして上ってきた。

そして、きのうお送りいただいたMARUUさんの『うさぎのまんが』を、陽の当たるベッドの上で読んだ。

ひと息に読んでしまった。

細かなところまでおもしろ可笑しく、最初は笑いながら読んでいたのだけど、猫の話のあたりからぼろぼろと泣けてきて、読み終わったときには、打ちのめされたようになっていた。

体ごとノックアウトをくらったような、運動して汗をかいたような爽やかな読後感と同時に、不思議な興奮が上ってきた。

なんだろう。

本の中に自分と同じ匂いを嗅いだのかな。

そのあとで私は、自分の今まで書いた本を引っ張り出して、読んだ。

冷やご飯
目玉焼き
ゴボウの煮物

『諸国空想料理店 クウクウのごちそう』と『きえもの日記』。

そしたら、不思議な感じになった。

私の過剰なところや、どうしようもないところ。

そういうものを俯瞰して見ることができたような。

これまで自分は、どんなことに困っていて、何についてもがき、何を改めようとこうして神戸までやってきたのか。

誰かが偽りのない気持ちで書いたものを読むと、その人の目を通し、自分が見えてくることってあるんだな。鏡みたいに。

本の中で、木皿さんの『昨夜のカレー、明日のパン』で私が作った、混ぜたインスタントラーメンのことにも少しだけ触れられていたので、夜ごはんを食べながら、ひさしぶりに、本当にひさしぶりに、ＤＶＤを見た。

夜ごはんは、冷やご飯（ゆうべ炊いた新米を、昼間のうちにお弁当箱に詰め、ゆかりをふりかけておいた）、目玉焼き（ウスターソース）、ゴボウの煮物（平目の煮つけの汁で煮た）、切り干し大根と小松菜の煮びたし（いつぞやの）、赤蕪漬け、さつま芋の味噌汁。

十一月六日（日）曇り

ゆうべはどこかが興奮していて、よく眠れなかった。

これはたぶん、『うさぎのまんが』のせい。

半分寝ぼけながら私は、延々と自分をふり返るようなことをしていたみたい。

なぜか、緑色のスライムがずーっと思い浮かんでいた。

『どもるどだっく』を作りはじめ、中野さんに出会ってから、たぶん私はゼロになった。

ゼロというよりマイナスかも。

でないと、スイセイと離れたりなどできなかった。

そういうつもりでいた。

でも、本当は、ゼロにもマイナスにもなれなくて、これまでの自分の断片が流れ落ちて消えたりしないよう、スライムみたいにやわらかくなりながら、どうにかへばりつき、こらえていたのかもしれないと思った。

このことは、言葉に置き換えて伝えられるようになったら、いつかちゃんと書いてみようと思う。

朝起きたら、カーテンの隙間から入る光がちっとも眩しくなく、落ち着いていた。

窓の外は白く、どんよりと曇っていて、海のひとところに金色のスジができている。

太陽があるところだけ、雲を通してカーテンみたいに光が射し、まっすぐ海に当たっているのだ。

下の道を、傘をさして歩いてゆく人がいる。

目には見えないくらいの霧雨が降っているのかな。

白い空を仰ぎながら、ベッドに寝そべり、今日は読書の日と決めた。

自分の本ばかり、まずは『押し入れの虫干し』を読む。

こういうの、もしかすると神戸へ越してきてからはじめてかもしれない。

読みはじめてすぐに分かった。

本の中には、これまでの自分の好きなものたちが、ちゃんと息づいて、今とつながっていた。

マイナスになっても、ちゃんとある。

夜ごはんは、混ぜこぜ雑炊（さつま芋の味噌汁の残り、お鍋の残りの野菜、落とし卵）。

＊スライムについてのこと、この日の日記に追記のようにして記録していました。まとまりのない文なので、ホームページの「ふくう食堂」にはアップしなかったけれど、載せてみます。

これまで自分だと思い込んできたものが、そうではないらしいことに気づき、支えていた棒が一本一本外れて、正体をなくしていった。

いちどマイナスにならないと、新しい自分は生まれなかったし、スイセイと離れることなどできなかったから、そうしたんだと思う。

料理の仕事も、友だちも、何もかもをふり出しに戻し、自分が誰だったのか忘れたまま、神戸へ越してきた。

それでも、私の無意識は、これまでの自分のカケラが流れ落ちて消えたりしないよう、スライムみたいにへばりつき、こらえていたんだ。

スイセイと暮らしていた最後のころは、自分の何もかもを否定したつもりだったけど、好きなものはやっぱり消えずに、また集まってきたような感じがある。

いつの間にやらスイセイからはみ出してしまっていた自分。

子どものころからずっと変わらずにあるのに、スイセイと一緒にいたころにはうまく出してあげられなかった自分。

そういうすべてが合わさり、ふるいにかけられたものが、また新たに集まって、ようやくひとまとまりの体になりつつあるような。

それは、光の粒がお互いに引き寄せ合い、集まってゆくような、明るく楽しげなイメージ。
形になるのはまだまだ先だろうけれど、そんな気がする。
そういうことを求めて、生きる。
けっきょく死ぬまでかかっても、成就しないのかもしれないけれど。

十一月八日(火)
曇りのち雨

ぐっすり眠って、柱時計が八回鳴ったので起きた。
カーテンの隙間が白い。
今朝も曇っているのかな。
気づけば雨。
とても静かな雨。
窓を開け、ハーッとしたら、白い息が出た。
今日は、「かもめ食堂」のりっちゃんとやっさんと、おでんを食べにいく日。
新開地の「高田屋」さんへ。
「たかだや」と普通に読んだら、前に「MORIS」の今日子ちゃんに直された。

正しくは、「たかたや」。

「たか」は低い音で、「た」がいちばん高く、「や」で下がる。

ふふ。

あとで、五時半くらいに車でお迎えにきてくださるそう。

雨降りなのでおでん日和だ。

嬉しいな。

お迎えがくる前にぎゅっと集中したので、「おいしい本」がだいたい書けた。

今回は、朱実ちゃんの絵本『ヤマネコ毛布』について。

あ、車の音がした。来たみたい。

では、行ってきます。

十一月九日（水）快晴

ものすごくいいお天気。

カーテンを開け、海の光っているところを見ようとするのだけど、眩しくて目を開けていられない。

夜中、風がとても強かった。

今朝もまだ風があるから、海がさざ波立っている。

いちばん光っているところは、金のさざ波。

ゆうべはとても楽しかった。

おでんばかりお腹いっぱい食べて、ふたりといろいろお喋りをした。

「高田屋」さんはとてもいいお店だった。

おでんもよく味がしみ、おいしかった。

年配のおばちゃんが何人も働いていて、お客さんは満席なんだけど、誰も忙しそうにしていない。

なのに活気がある。

おばちゃんだから、ときどきオーダーを間違えたり、後ろの席のお客さんが頼んだものがうちにきたりするんだけど、誰も何もとがめないし、お客さんたちもちっとも気にしていない。

前に、中野さんと新開地で入った飲み屋もそうだったけど、神戸ではおばちゃんたちがふつうにウエイトレスをしている。

とっても気安いから、くつろいだ気持ちで呑める。

りっちゃんも、やっさんも、ふたりともお酒は呑めないそうで、ウーロン茶。

肉野菜炒め
切り干し大根と小松菜の煮びたし
じゃが芋とさつま芋のサラダ

私ひとりで日本酒一合と、梅酒を呑んだ。

おでんは、大根と、焼き豆腐（味噌ダレがかかっていた）、ゆで卵、牛スジ、棒天（ゴボウ入りのさつま揚げ）、じゃが芋、つくね棒、タコ、コンニャク。

あとは牡蠣フライ、ブリの塩焼き、山芋細切り（卵黄、海苔、ワサビ）など、それぞれが食べたい物を頼んだ。

帰りにスーパーにも寄ってくださった。

私はトレットペーパーとティッシュを買った。

りっちゃんはヨーグルト。

うちに帰ってきたら、エレベーターのところに張り紙がしてあった。

いよいよ十日から、暖房が使えるようになるとのこと。

なんとなしに別れがたく、部屋にも寄っていただいて、三人でコーヒーを飲んだ。

そうだ。

ゆうべはふたりの夢をみたような気がする。

三人で冒険している夢。

さて、今日は美容院へ行ってこよう。

帰りに図書館に寄って、りっちゃんに教わった「めぐみの郷」（地元の野菜が置いてある）ものぞいてみよう。

夜ごはんは、肉野菜炒め（豚コマ切れ肉、人参、ピーマン、白菜、小松菜）、切り干し大根と小松菜の煮びたし（ようやく食べ切った）、じゃが芋とさつま芋のサラダ、即席味噌汁（かつお節、味噌）、白いご飯。

十一月十日（木）曇り

寒い。

きのうから、ひと息に冬になった。

部屋の中は暖かいけども、長袖のTシャツだけではちょっと肌寒い気がする。

今日から、部屋の温風ヒーターが解禁になった。

パソコンに向かって仕事をしている間に、管理人のおじいちゃんが様子を見に何度も来てくださった。

ヒーターのフタを開け、中に通っているホースのネジをゆるめ、たまっていた古いお湯をバケツにとり出している。

私「何をしてらっしゃるんですか？」

管「はい。エアーが入っていないかどうか、確かめているんですわ。これでもう大丈夫、

椎茸と昆布のスパゲティ
じゃが芋とさつま芋のサラダ
キャベツと人参の塩もみサラダ

ダイヤルを回したら入ります。これが強、これが弱。寒ければ、夜中もつけっぱなしにしておいてけっこうですからね、はい。床にも天井にも、だーーっとお湯の管が通ってますから、そりゃああったかいですよ」

台所の流しの水が、流れにくかったのも見てくださる。

私が仕事の電話をしている間に、詰まりを直すポンプのようなもので、ズッポンズッポンとやってくださった。

管理人さんは、小学校の用務員さんみたい。

のこぎりでも脚立でも、お願いすれば何でも貸してくださるし、どこかの具合が悪かったら、すぐに見にきて直してくださる。

ありがたいことです。

夜ごはんは、椎茸と昆布のスパゲティ（干し椎茸、だしを取ったあとの昆布、菊菜、バター、醤油）、じゃが芋とさつま芋のサラダ、キャベツと人参の塩もみサラダ（玉ねぎドレッシング）。

スパゲティがとてもおいしくできた。

干し椎茸はごま油で炒めて、もどし汁と醤油を加え、味をしみ込ませてからパスタと和えた。詳しいレシピは、いつか「気ぬけごはん」に書こう。

温風ヒーターがとっても暖かい。

流しも、スーッと流れるようになった。

夜、スイセイに聞きたいことがあって電話をしたら、スイセイの方がたくさんお喋りし、三十分くらい長電話をしてしまった。

とちゅうで、お得意のたとえ話も出て、それがバカバカしくおかしくて、ふたりして笑った。

なんだかその感じ、ものすごく懐かしかった。

スイセイの声は、元気そうだった。

私もこのごろ、なんだか元気だ。

心の芯棒がしっかりしてきた。

ゼロになったとか、マイナスになったとか。

マイナスになったつもりだったけど、残るものはちゃんとあったとか……。

それはけっきよく、自分で物語を作っているだけなのかもしれない。

元気になってゆく自分の、物語。

まわりとか世間とか、そんなのを主体にするんじゃなく、自分を主体においた物語だ。

絵本や架空のお話をよく作るようになったから、そういうのが得意になったというのもあるんだろうか。

十一月十一日（金）快晴

七時に目が覚め、カーテンを開けたら、ちょうど朝焼けの時間だった。
とても清潔な空。
しばし眺める。
七時半に起きた。
窓を開けると、目の前の電線に水の玉が並び、きらきら光っていた。
ダンボールと紙ゴミを出しにゆくついでに、森の入り口まで歩いた。
地面が濡れている。
朝方、雨が降ったんだな。
よく眠っていて、ちっとも気づかなかった。
山は紅葉が深まっている。
みずみずしい森の匂い。
鳥が鳴いている。
茶色と深い緑が混じったツタの葉と、なんだか分からないとがった赤い葉っぱを拾い、野葡萄の実が瑠璃色と赤紫に色づいているところを、ひと枝もらってきた。

ヒーターをつけなくても、部屋の中はポッカポカ。

太陽の力はすごいなあ。

今日は、佐渡島の明香ちゃん一家が、「空色画房」にいらっしゃる。

佐渡の旅のチーム（なるみさん、ラリちゃん、加藤さん）も集まるようなので、私も午後から出かけるつもり。

筒井君や、京都の編集者もいらっしゃる。

中野さんは夕方からいらっしゃるとのこと。

あとで「気ぬけごはん」のさわりだけ書いたら、身支度をして出かけよう。

そうだ。

今日はいよいよ、『たべたあい』の発売日だ。

十一月十四日（月）
曇り、夜になって雨

九時に起きた。

中野さんをお見送りがてら、新開地へ。

新開地で神戸電鉄に乗り換え、中野さんは専門学校（保育士の学校だそう）のときのおばあちゃん先生の家へ行った。

このごろ中野さんは、保育士時代の話をぽつりぽつりとしてくださる。

子どもたちがどんなだったか、どんな子がいて、その子に自分がどんなふうに接していたか。

それが、とてもおもしろい。

そういうとき私は、子どもの気持ちに自分を重ねながら聞いているみたい。

「空色画房」のトークショーにも、教え子の男の子（高校生になっていた）とその父親が来てくださったし、十二日には保育園の先生たちが子ども連れでいらっしゃり、私も会うことができた。

きのうは、中野さんと散歩がてら隣町の図書館に行って、絵本を九冊借りてきた。

小さな子どもたちに混ざって、絨毯の敷いてある広場に座り、私も絵本を読んでもらった。

近くの川べりの道を歩いたり、いろんなものを売っているめずらしい果物屋さんに入ったり、知らない駅から電車に乗ったり。

東京にいたころには、打ち合わせでも撮影でも、何でも自宅でやっていたから、吉祥寺から外に出かけることがほとんどなかった。

用事があれば歩いていくか、自転車でこと足りていたので、「Ｓｕｉｃａ」のチャージなんか、年に一度くらいしかしなかったような。

それに東京では、山の家へ行くのが楽しみなくらいで、どこかに出かけたいとあまり思わなかった。

たまに飲み会に行くときくらいしか、電車に乗るってことがなかったし。

今は、「Ｓｕｉｃａ」のチャージがとっても頻繁。

中野さんとあちこち物見遊山《ものみゆさん》し、無邪気に楽しんでいる。

中野さんは、目や耳がとてもいいから、あまり人が見ないような小さなものをみつけたり、かすかなもの音を聞き分けたりが得意。

そういう感覚が、私にもだんだん移ってきているような気がする。

それは、四歳のころのなみちゃんにも通じる世界の見方。

私は、思い出しているみたい。

中野さんをお見送りしてから、新開地の商店街にある古本屋さんで、童話の本を三冊と、カレーライスの本を買った。

童話は、ハンス・バウマン著『大昔の狩人の洞穴』、江口渙『かみなりの子』、『小川未明童話全集1』。

そこは、とってもいい古本屋さんだった。

奥に入るととても広く、映画や音楽にまつわる本、画集もいろいろあった。

お客さんは私くらいしかいなかったので、ゆっくりと巡り、気になる本をとり出してはめくった。

二時間近くいたかも。

そのあとで湊川の市場をひとめぐりし、塩鮭、ちりめんじゃこ、大きな蕪を買った。

本当は生スジコを買って、醤油漬けにしたかったんだけど、「かもめ食堂」のりっちゃんによると、関西の魚屋さんではほとんど出まわらないし、醤油漬けをする話も聞いたことがないらしい。

それでもあきらめきれず、前にピッチピチのメバル（まだ生きていた）を買った魚屋さんに尋ねてみた。

「生スジコは扱ってません。うちはあるものはあるけど、ないものは、ないです」と言われ、きっぱりあきらめる。

革製のいいお財布をみつけたので買う。

これまでの私のお財布は、はじけたところを糸でかがって、二十年以上使い続けてきた。

塩鮭（大根おろし）
大きな蕪の薄味煮
即席味噌汁

愛着はあるのだけど、とっても古びていた。

あと、フードのついた紺色のコートも買った。

新品のコートを買ったのも、本当にひさしぶり。十年ぶりくらいかもしれない。

新開地の駅でピロシキをひとつ買い、電車の中で食べた。

帰り道、六甲のバスの運転手さんも、とても感じがよかった。

夜ごはんは、塩鮭（大根おろし）、大きな蕪の薄味煮（皮ごとだし汁、塩、薄口醤油で煮て、ゆでた葉を加え、片栗粉で煮汁にとろみをつけた）、即席味噌汁（かつお節、味噌、昆布）、冷やご飯、海苔の佃煮、自家製なめたけ。

ムーミンを見ながら食べた。

夜になって、雨が降りはじめた。

静かな雨。

今夜は満月で、しかもスーパームーンという特別に大きな満月だそうだけど、雨の音もまた、よし。

十一月十五日（火）
曇り、時々お天気雨

ゆうべもまた、霧の中だった。

夜景がまったく見えず、窓を開けたら、雲の中にいるようだった。

今朝もまだ、霧の中。

そのうちに少しずつ、下の街が見えてきた。

夜ごはんは、記録するのを忘れました。

十一月十六日（水）　快晴

今日は、本当に慌ただしかった。

これはとてもめずらしいこと。

朝から「気ぬけごはん」の仕上げ、「おいしい本」の校正、「ダ・ヴィンチ」インタビューの校正。

うちにいる日に、こんなに晴れたのもひさしぶりだったので、洗濯物を屋上に干しにいった。

山は黄色、黄土色、紅、緑のパッチワーク。

もうひとまわり、紅葉が深まっていた。

明日は、神奈川県の和光鶴川幼稚園というところに、『どもるどだっく』と『たべたあい』を読み聞かせにいく。

子どもたちに読んだら、そのあとはお母さんたちにも読み、子どものころのことや、料理のことなどを話す会をする。

ドキドキした気持ちをお腹に納めつつ、お話会の助けになりそうなものをコピーしたり、新幹線や電車の時間を調べてコピーしたり。

実家に泊まるので、その用意をしたり。

夜、中野さんから、今日描いたという小さな絵が三枚送られてきた。

この間、散歩していたときに、私が拾ったヤマネコだろうか。

ヤマネコは拾ったというよりも、私のコートに勝手にくっついてきた。

街路樹と生け垣のわずかな隙間を通りぬけたとき、木の幹から皮がはがれた。

どこからどう見ても、ヤマネコにしか見えない木の皮。

そう見えたのは、朱実ちゃんの『ヤマネコ毛布』の文を、「おいしい本」に書いたばかりだったせいもあるかもしれないけれど。

あのときは、そのあとすぐにまっ白な羽毛を拾った（多分、鳩のもの）中野さんが、ヤマネコのお腹にのせ、「毛布です」と言った。

「空色画房」の川べりを散歩したときに拾った、何かの実の殻は、ヤマネコの心臓になった（ハートの形をしていたので）。

私たちはこういう見立て遊びを、真剣にやっている。

夜ごはんは、ハムカツ（どうしても食べたくなって作った）、肉豆腐（冷凍しておいた豚肉と、この間のすき焼きの残りの焼き豆腐と白滝、玉ねぎで）、蕪の味噌汁（大葉）、納豆（ねぎ、大葉、ハムカツの衣の残りの卵）、新米。

お風呂にゆっくり浸かり、日記を書いていたら、もう九時半だ。

寝る前に、『どもるどだっく』の読み聞かせの練習をしよう。

明日は、朝七時十六分の新幹線だから、七時には駅に着いていたい。

ということは、六時三十分にはタクシーを呼ばなければ。

早く寝よう。

十一月二十日（日）曇り

十九日の夜、八時ごろに帰ってきた。

実家では一泊した。

母はとても元気だった。

目つきに、しっかりとした芯があった。

意志のある顔というか。

まるで、時計の針を逆まわししているみたいに、会うたびに元気になっているのが不思議なくらい。

和光鶴川幼稚園での感想をとても楽しみにしていたようで、私が話す口もとをじっと見ながら（耳が遠くなってから、口の動きで判断するようになったみたい）聞いているのだけど、話しているとちゅうに、母が身振り手振りを交えて喋りはじめてしまう。

幼稚園に勤めていたころには、絵本の読み聞かせをよくしていたから、子どもたちの様子を鮮明に思い出すらしく、涙ぐんだり、笑ったりと忙しい。

「どれ、なーみちゃん、お母さんに読んで聞かせてみな」と、『どもるどだっく』と『たべたあい』を読まされたりもした。

「隙間が空いたところでは、読む方もひと呼吸おいて、ゆっくり読むの。大きい字のところは、大きく、はっきりと、区切って読むさや」

なんて教えてくれた。

最近、図書館で借りて読んだ、岸田衿子さんの『かばくん』という絵本がとてもおもしろかったので、「うちにあったら、もらっていい?」と聞くと、母はすぐに立ち上がって、「かばくん、かばくん……」と言いながら、本棚の隅から隅まで探してくれた。

母「かばくん。どうぶつえんに　あさがきた……えーと、そのあとは何だったたっけな。小さいカメの子も出てくるだよね」

私「えーと……かめよりちいさいもの　なんだ?　あぶく」

母「そうだそうだ。あと、子どもらの足がいっぱい出てくるだよね、スカートはいた子や、半ズボンの子や」

よく覚えているもんだなあ。

さすが、読み聞かせのプロだ。

幼稚園での会は、とてもとても楽しかった。

雑木林に囲まれた丘にある、自然のままのかわいらしい畑を見学したり、みかんが木から落ちているのを拾って食べたり。

子どもたちが、芋掘りの絵を描き上がったところを見学したり、パレットや、お絵描き用の小さな雑巾が、教室の外に干してあるのを眺めたり。

子どもたちへの読み聞かせが終わったあと、「絵本をまだ見たい人は、前に来て、見てもいいですよ」と呼びかけたら、八人くらいの子たちがわらわらと集まってきた。

その中に、私の髪の毛を触りにきた女の子がいた。

「どうして、お喋りができなかったの？」と小さい声で聞かれた。

私は、少し考えて、「お喋りしたいことがたくさんありすぎて、体にいっぱいつまっちゃったのかな。そのまんま声を出したら、あああああって、どもって、みんなみたいにうまくお喋りができなかったの」と答えた。

そしたら、最初は耳の下の方の髪を触っていた手が上にきて、すーっと頭をなでられたような感じになった。

あっという間のことだったし、とてもやさしい手つきだったから、なでてくれたのか、触っただけなのか、よく分からなかったんだけど。

思いもよらないことだったので、私はドキドキし、嬉しい気持ちがこみ上げた。

他のふたりの女の子は、立ち上がりぎわにハイタッチしてくれた。

お母さんたちに向けての会も楽しかったし、みなさんにも感謝されて、もったいないくらいに嬉しかったのだけど……やっぱり、どうしても講演会のように、ありがたいお話をみんなで聞いているという雰囲気になってしまったことを、次の日の朝、実家の布団の中で反省していた。

子どもたちへの読み聞かせは、これからもやってみたいけど、お母さんへのお話は、もう、この一回きりで終わりにしようと。

そしたら今朝、ずっとお世話をしてくださっていた、役員のお母さんの中村さんから、とても嬉しいメールが届いた。

中村さんは、私のことをみなさんに紹介し、このたびの会を提案してくださった方。『どもるどだっく』が出たばかりの、六月だったか七月だったかに、お誘いのメールが届いたあとも、何度も何度もお便りを送ってくださった。

私は今朝、このメールを読んで、嬉しくて、ありがたくて涙が噴き出した。

ああ、やっぱりやってよかったのかな。

中村さんにご了承を得て、いただいたメールの一部を引用させていただこうと思います。

高山なおみさま
先日は和光鶴川幼稚園にお越しくださり
ありがとうございました。
その日の夜のうちにいろんなお母さんから
私のLINEに「聞いてよかった」「感動した」
と声が届きました。

司会のゆきえさんも涙をこらえていました。
高山さんが真摯にお話くださったおかげです。

あすかちゃんは帰りの車で
「すぐにはみ出しちゃうんだよ。うまく喋れないんだよ」
と一生懸命、おねえちゃんに説明していたそうです。
あすかちゃんは高山さんに読んでもらったあと
頭をなでた子です。
幼稚園で教室に行く前にママにくっついて、離れられないでいるのを
見かけます。『どもるどだっく』を好きになったようです。

手書きの感想をこれから受け取るので
集まりましたら、まとめて
高山さんへ送ります。
（中略）
高山さんのお話を聞いた私は

肉だんごの酢豚風
チャーハン

『どもるどだっく』の表紙の女の子が
じっとこっちを見ているのが浮かぶと
もううちの娘がみんなと同じにできない、ということで
雑に怒ったりすることはできない気がします。
来た方はきっとみんなそうでしょう。
子どものお守りですね。

お疲れになったと思います。

心をこめてくださり、ありがとうございます。

また感想を送ります。


明日はつよしさんが遊びにいらっしゃるので、夕方、坂を下りて買い物に出た。

暖かいのは部屋だけなのかと思っていたら、外もとっても暖かく、帰りの坂道ではしっとりと汗をかいた。

夜ごはんは、肉だんごの酢豚風（玉ねぎとピーマンをごま油で炒め、スーパーの「肉だんごあんかけ」を加え、酢で味をととのえた）、チャーハン（卵とゆうべの水菜のじゃこ

炒めで)、シジミの味噌汁。

十一月二十二日(火) 快晴

朝、目が覚めたら、奥の部屋までぼんやりと明るかった。

一階の窓から、光が上がってきているのだ。

黄色というか、金色。

こういうの、本当にひさしぶり。

明け方にみた夢が、なんだかとてもリアルだった。

自分の隠されていたところが、あらわになったような、(ああ、やっぱりそうなんだ)と思うような夢。

物語になりそうだったので、しばしベッドの中で反芻してみたのだけど、夢だからやっぱりおかしなところがたくさんある。

今朝は、シーツやらバスタオルやら大物を洗濯した。

屋上に干すのもとてもひさしぶり。

管理人さんが、ボイラー室からちょうど出てきたところ。

管「今日はあったかいですねえ、ほんまに、めちゃめちゃあったかいですやん。洗濯もんが、よう乾きそうで、いいですねえ」

海のさざ波立ったところが、きらきらしている。

ずいぶん下の方で、白い鳥が飛んでいるのかなと思ったら、道路を走っている車に太陽が反射し、光っているのだった。

「チイ　チイ　チイ」と、途切れ途切れに鳴いているのは何の鳥だろう。

きのうも、つよしさんといるときに来ていた。

つよしさんとの会は、女子会みたいだったな。

つよしさんは、手作りのサングリア（葡萄、りんご、柿が入って、冷えていた）や、トルコの大きな干しイチジク、朝焼いたパン、醤油屋さんのもろみを持ってきてくださった。

お喋りしながら台所に立ち、ソーセージを焼いたり、ポトフを煮込んだり。

床にまな板を置いて、チーズや鹿のサラミを切ってはパンにのせて食べ、赤ワイン。

きさらちゃんが送ってくれたセルリアックを細切りにし、塩味のキンピラみたいなのも作ってみた。

それが、とてもおいしかった。ちょっと「じゃがりこ」みたいな味で。

とちゅう、屋上に上って、紅葉の山々を眺めながら呑んだのも楽しかったな。

七時半くらいにお開きとなり、蒼い海と夜景を眺めながらいつもの坂道を下り、神社でお参りし、お墓猫を探し（いなかった）、六甲駅までお見送りした。

私は八幡さまでお参りし、タクシーで帰ってきた。

今日は、時間がたっぷりあるので、「ことば」の推敲をやる。

これは、『たべたあい』の刊行記念で、十二月に東京の「ギャラリーハウスMAYA」で開かれる、「絵とことばで織りなす交感展覧会」の準備。

中野さんの絵を見ているうちに出てきた「ことば」。小さな文、物語、詩のようなものを、この間から書きためている。

夜ごはんは、ポトフ（ゆうべの残りに牛乳を加え、味噌をほんのちょっと）、冷やご飯、明太子、もろみ。

十一月二十三日（水）曇り

ゆうべはたいへんな大風だった。

ぶるぶるびゅーびゅー、窓がガタガタ。

何度も目が覚め、それでも半分は寝ぼけているから、寝返りを打っている間にすーっとまた眠れて……の繰り返し。

風の音は、子守唄。

いちどだけカーテンをめくってのぞいたら、下のもみの木が、隣の木と絡まり合い、もみくちゃになりながら踊っていた。

窓に細かな水滴がついていたから、わずかに雨が降っていたのかも。

起きても、まだ大風。

木枯らしだ。

台所の洗剤がなくなったので、ためしに「松の力」に変えてみた。

これは、この間東京に行ったとき、マキちゃんちで顔を洗うのにはじめて使わせてもらってから、大好きになった洗剤。

ペットボトルに分けてもらったのを持ち帰り、顔を洗ったり、髪の毛を洗ったりするうちにどんどん気に入って、通販で大きいパックを注文してみた。

これはすごい。

川原さんにも、ずいぶん前から薦められていたのに、私はちっとも試してみなかった。

何でもピカピカになる。

とくにグラスがピッカピカ。

洗い上がりの手触りもスッキリしてとてもいいので、ガスコンロを磨き、オーブンを磨き、そのまま下に下りていって、床もこすった。

いいなあ。気持ちいいなあ、「松の力」。

ピンポンが鳴って、『ココアどこ わたしはゴマだれ』の見本が届いた。

スゴイ!

本の大きさといい、厚みといい、銀、黒、白、グレーの配分、紙の厚さ、手触り、文字の姿形。そして、この軽さ。

本の塊=スイセイという感じがする。

寄藤さんからスイセイへの、敬いの気持ちを感じる。

カバーだけでも、スイセイ語録が噴出している。

私は、感無量です。

図書館にでも行こうかと思っていたけれど、今日は読書の日にしよう。

一日中、これを読みふけろう。

いつお腹がすいてもいいように、チャーハン(ちりめんじゃこ、卵、ねぎ、ピーマン、自家製なめたけを使い切った)を作り、お弁当箱に詰めた。

夕方、読み終わり、がまんできなくなってスイセイに電話した。

スイセイのところにも届いていたけれど、まだ箱を開けていなかった。

一方的に、どれだけよかったかを伝える。

チャーハン弁当（お昼の残り）
ぶっかけそうめん

なんだかこの本は、自分のことをダメダメだと思っている大勢の人たちに向けた「スイセイ教室」みたい。

そして私は、「スイセイ教室」を中退したんだ。

先生に「顔を洗って、出直してこい」と、言われたような感じ。

夜ごはんは、お昼に食べたチャーハン弁当の残り、ぶっかけそうめん（大根おろし、天かす、網焼きピーマン、柚子皮、絹ごし豆腐）。

十一月二十五日（金）
晴れのち曇り

快晴。

海が眩しい。太陽が近い。

眩しくて眩しくて、二階の部屋にいられないほどだった。

鏡に映った青空の、くっきりときれいなこと。

きのうは、二階にパソコンを持ち込み、宿題の文を書いていたのだけど、窓の外が気になって気になって、空ばかり見てしまい、仕事にならなかった。

真上の空は青いのに、はるか遠くの灰色の雲の下だけ、海が灰色にさざ波立っていた。

そうして、ずっと遠くの東の空では、雲間から太陽が海面に当たって、水蒸気が空へとのぼり、新しい雲ができつつあるのだった。

うちの窓から、天地創造が見られる。

今日は、十二時過ぎに美容院へ。

ひさしぶりに坂を下りた。

それほどには寒くないのだけど、買ったばかりの冬のコートを着て下りたら、しっとりと汗をかいた。

銀行に行って、住所変更の手続き。

「めぐみの郷」で、ほうれん草、水菜、大根（ゆっさゆさの葉っぱつき）、りっぱな椎茸、丹波鶏、牛スジなどを買った。

ここは野菜も肉も魚も、とてもいい。安くて、新鮮で。

図書館で絵本を三冊借りた。

『おもいでのクリスマスツリー』と、『とってもふしぎなクリスマス』。

わ。

今気がついたのだけど、同じ絵の人（バーバラ・クーニー）の本を偶然借りている。

ちょっと見たところ、まったく違う人の絵に見えるのだけど。

あとは、『かばくんのふね』。

こちらはやっぱり、岸田衿子さんと中谷千代子さんのコンビの絵本。

大荷物で六甲道から六甲まで歩き、「六珈」さんでおいしいホットサンド（カレー風味のひき肉と玉ねぎ、マスタード）と濃いめのコーヒー。

「いかりスーパー」でいつもの赤ワインを買って、タクシーで帰ってきた。

明日は「空色画房」の最終日なので、出かける支度をしていたら、中野さんから続々と絵が送られてきた。

昔、描かれたものみたい。

すごい！

言葉が出たがって、うずうずしてくるような絵。

夜ごはんは、ソーミンチャンプル（この間ゆでたそうめんの残りで。ちりめんじゃこ、ねぎ）、ほうれん草のおひたし（ポン酢醤油）。

十一月二十七日（日）雨と霧

朝起きたら、いちめんの霧だった。

海も空もどこまでも真っ白。

雲の中にいるよう。

霧の中に紅葉が浮かんでいる。

紅、黄、緑、濃い緑。

こういうのが、いちばんきれいかも。

今朝は雨の音と、鳥の声があるから、音楽は何もいらない。

今、本屋さんで飾る『たべたあい』の色紙《しきし》に、中野さんが絵を描いていらっしゃる。

私は台所でおでんの支度。

明日は東京から、アリヤマ君、長野君、赤澤さんがいらっしゃるので。

きのうのうちに下ゆでしておいた牛スジを切って、串に刺し、まずは酒とひたひたの水だけで煮て、とちゅうからだし汁と塩を加えた。

下ゆでした大根を加えて煮、しばらくしたら、ゆで卵。

こんなに静かだと、そして中野さんが絵を描いていると、やたらと丁寧にしたくなり、大根を面取りして隠し包丁まで入れた。

牛スジとだしの合わさったスープは、コクがあるのにすっきりと澄み渡り、とてもおいしい。

お昼ごはんは、塩鮭、卵焼き（中野さん作）、大根おろし、大根葉とじゃこの炒め煮、ハム、おでんのおつゆ（ねぎ、柚子皮）。
色紙の絵の上に、私のコメントと名前も書いた。
休憩し、コーヒーを飲んで、サイン本を八十冊作る。
手分けしてやる共著のサインは、楽しいな。
夜ごはんは、パプリカチキン（白菜と人参のサラダ、ご飯添え）。

＊11月のおまけレシピ

ゴボウの煮物

ゴボウ25cm　魚の煮汁適量　その他調味料（作りやすい量）

「煮魚の汁で茄子を煮るとおいしいよ」と教えてくれたのは、スタイリストの高橋みどりちゃんでした。子どものころ、煮魚の次の日には、必ずといっていいほどくったり煮えた茄子が出てきたそうです。「母の思い出の味。煮魚よりも私はこっちの方が好きだったくらい」と笑っていました。

ひとり暮らしをするようになって、食べ残したおかずはほんのちょっとでもとっておくようになった私。みどりちゃんの話を思い出し、カレイを煮つけた汁で、たまたまあった南瓜を煮てみました。煮汁を水で薄め、酒ときび砂糖で味をととのえて。それが、魚のだしがほどよくきいて、とってもおいしかったのです。ここではゴボウを煮たときのレシピをお伝えします。


まず、カレイの煮つけから。カレイ１切れは、皮目に十文字の切り込みを入れます。鍋にだし汁80ml、酒、みりん、きび砂糖各大さじ１、醤油大さじ１と½を合わせ、あれば生姜の薄切りを２、３枚加え、強火にかけます。煮立ったらカレイの皮目を上にして入れ、落としブタをして火が通るまで中火（鍋の中が始終泡立っている状態）で煮ます。身くずれしないよう気をつけながら、とちゅうで裏返してください。

続いてゴボウの煮物。ゴボウはタワシでこすって泥を洗い、５cm長さに切ります。さらに縦４等分に切り、水に浸けてアクをぬきます。

小鍋に煮魚の汁を入れ、２〜３倍の水で薄めて酒と醤油少々で味をととのえます。煮立ったら水気をよく切ったゴボウを加え、落としブタをして味がしみるまで煮ます。

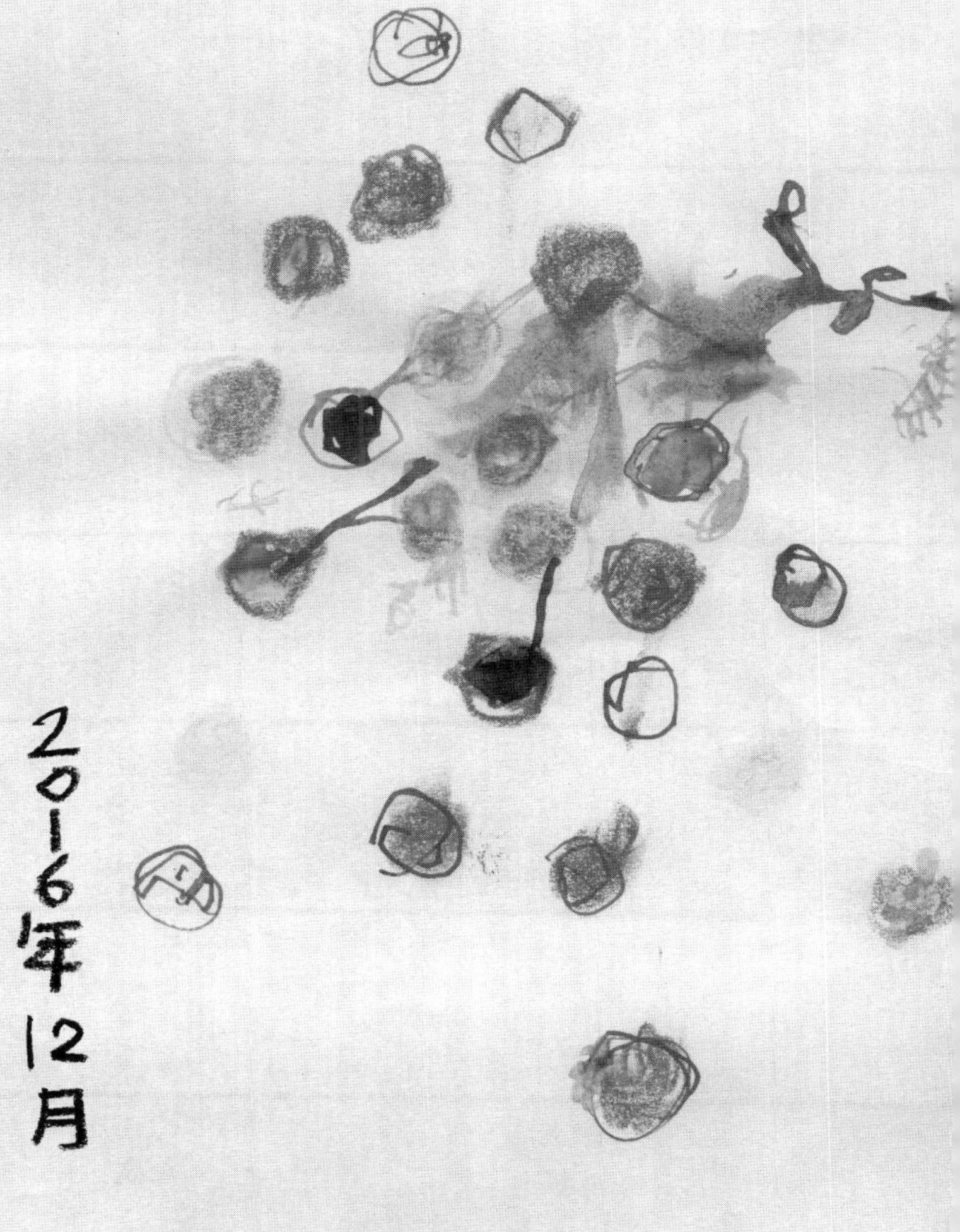

今朝は起きぬけから自由だった。

十二月一日（木）曇り

朝、聞き慣れない音がしてカーテンをめくると、管理人のおじいちゃんが、下の道のつき当たりのところを竹ぼうきではいていた。

まだ薄暗い。

時計を見ると七時前。

寒そうだなあ。

この道にいつも枯れ葉やゴミが落ちていないのは、管理人さんが掃除をしてくださっていたからなのだ。

同じところに、ホースで水をかけているのも見たことがある。

そこは、犬の散歩の人たちが毎朝、毎夕、お喋りに花を咲かせている場所だから。

夏の間はいつも、真っ白な半袖Tシャツだった管理人さんは、秋ぐらいから黒いヤッケを羽織るようになった。

昼間は暖かいけど、朝はさすがに気温が下がる。

ヤッケだけで寒くないんだろうか。

しばらく日記が書けなかったけれど、楽しいことがいろいろあった。

月曜日には、東京からアリヤマ君、長野君、赤澤さんがいらっしゃった。

私たちは何をお喋りしていたんだっけ。

私は神戸へ来てから分かったことなど、アリヤマ君に話した。

長野君は、仕事でもないのに、写真をたくさん撮ってくださった。

屋上でワインを呑みながら、音楽を聞いたり、歌ったり、紅葉の山を眺めたり。

仕事のことは、誰も何も言わなかった。

ほどよく冷えた体に、おでんがおいしかったな。

食べ終わってすぐ、アリヤマ君と長野君は、床の上で伸びていた。

小さくイビキをかいて。

ふたりとも、相変わらずとっても忙しいのに、予定を合わせ、こんなに遠くまで来てくださったのだな。

それが本当にありがたかった。

ふたりが寝ている間、赤澤さんとお喋りしながら、いろいろが切なく、涙がこぼれた。

神戸に越してきたのは喜ばしいことなのだけど、移ろいゆくときは、誰にも止められない。人が生きていくこと自体が切ないような。

大自然の営みがよく見渡せる場所に、日常的にいるから、そんなふうに感じてしまうのだろうか。

それともこれが、年をとるっていうことなのか？

みんなに心配をかけたくなかったのに、三人が部屋に入ってきて、アリヤマ君のお土産のワインの紙袋の中に、黄色いバラの花束をみつけただけで、涙がふき出してしまった。

きっと、東京のアニキたち（アリヤマ君は八つ下、長野君は十歳下だけど）に会えて、甘えたくなったんだろうと思う。

一緒に仕事をしたり、遊んでいたころが懐かしく、いろんな記憶が蘇ってきてしまった。

夜景がキラキラブルブルしていたのも、目に涙がたまって反射していたせいだ。

いつもの坂を下りて駅までお見送りし、バスに乗って、また坂を上って帰ってきた。

あーあ、なんだか湿っぽくていやだなあ。

部屋に入ったら、台所がすっきりと片付いていた。

赤澤さんがやってくださったのだ。

そうそう、こんなこともあった。

土曜日は、「空色画房」の最終日だったので、お昼ちょっと前くらいに着くよう見計らって、阪急電車に乗り、岡本の駅で特急に乗り換えた。

並んでいる人たちが少ない後ろの方へ、なんとなくずれていって、電車が来たので乗り込み、目を上げたら、見たことのある帽子をかぶって微笑んでいる人がいた。

中野さんだった。

(向こうに十二時くらいに着くようにしようかな)と、お互いメールをしていただけで、待ち合わせも何もしていなかったのに。

私は「えー、なんでここにいるの?」と驚いたけれど、「きっと、乗ってくるだろうなと思っていました」と、中野さんはすました顔でおっしゃった。

きのうは、年末の新幹線の切符を買いに六甲道に行った。

「みどりの窓口」で、一カ月前から発売だそうなので。

今年は、三十日から一月四日まで実家に帰ろうと思っている。

そしてそのまま電車に乗って、隣町の住吉の図書館へ。

おもしろそうな絵本を五冊借り、軽く買い物もし、「六珈」さんでおいしいコーヒーを二杯飲んだ。

私がお店に入ったとき、他にはお客さんが誰もいなかった。

そのうち、ぽつりぽつりと入ってきた。

みんなひとりで。

店の中には、クリスマスの曲(あんまりクリスマス、クリスマスしていない)が静かにかかっていて、それぞれ、自分の世界に浸っている。

ちまき（梅田駅ビルの豚まん屋さん）
中華風スープ

マスターはそんなお客たちのことを、間に漂う、靄のようなものから感じとりながら、放っておいてくださる。

表に出たところで、ばったりお会いすることができたマスターの奥さんと、帰り道をご一緒し、川沿いにある自然のままの荒々しい神社でお参りして、そのまま坂を上って帰ってきた。

十二月二日（金）晴れ

今日は、「ことば」の推敲をやる。

午後からは、「ワンダフルコウベ」というタウン誌のための作文を書きはじめた。

少しずつ、書けてきている。

夜ごはんは、ちまき（梅田駅ビルの豚まん屋さんで買ったのを、蒸し直した）、中華風スープ（白菜、椎茸、ほうれん草、卵、ねぎ）。

今夜もまた、『ムーミン』を見ながら食べた。


ゆうべはぐっすり眠れた。

なんとなく寝ながら、何も考えないようにした。

それを心がけたら、深く眠れた気がする。

そうか、そうすればいいのか。

八時に起きた。

すっきりとした目覚め。

午後まで「ことば」と作文の続きをやって、ふと思いつき、市の子宮ガン検診に行くことにした。

二度目に電話をしたところが、とってもいい感じのするところだったので。

ここは予約がなしとのことで、都合のいいときにいつ行ってもいいらしい。

その前に電話をしたところは、受付の人の声がキンキンして、なんだか感じが悪かった。

いちど予約を入れたのだけど、しばらく考えてキャンセルした。

てくてくと坂を下り、六甲道へ。

やっぱり、思った通りにとてもいい雰囲気の病院だった。

すぐに診てもらえたし。

五年ほど検診をしていなかったから、ちょっと不安だったのだけど、先生は触診で分かるらしく、「たぶん、何も問題はないでしょう」とおっしゃっていた。

来週には結果が出る。

歩いていけるところに、産婦人科のいい病院をみつけた。

何かあったら、ここへ来よう。

軽く買い物をして、バスに乗り、坂を上った。

日が暮れても、まだそれほどには寒くない。

六時を知らせる教会の鐘が、ゆっくりと鳴り響き、ふり返った坂の下の海に夜景が光っていた。

なんだかクリスマスのよう。

私はこの街が、大好きだ。

坂のてっぺんまできたら、西の空に細い月。

光ってないところにも、黒くて丸い影がうっすらと見える。

とてもきれい。

帰り着いたら郵便受けに、嬉しいプレゼントが入っていた。

「かもめ食堂」のやっさんとりっちゃんから届いた、クリスマス・リースだ!

カードには、「お友だちに、『森で拾ってきたような』ってお願いして、作ってもらいました」と書いてある。

本当にそんな感じ。

森の小さな動物たちが、木の実や枝やきれいな葉を手分けして集め、こしらえたみたい。

へくそかずらのツヤツヤとした茶色い実や、緑のかわいらしい葉、よく見ると小さな紫色の実がわずかに絡まっている。

私の趣味はけっこう偏っているのに、どうしておふたりにはこんなにも分かってしまうんだろう。

夜ごはんは、ブリの照り焼き、ハムエッグ（水菜の塩炒め添え）、味噌野菜スープ（ゆうべの中華風スープを薄め、味噌をちょっとだけ加えた）、冷やご飯（お湯を沸かした鍋に、ザルをひっかけて蒸した）。

十二月三日（土）快晴

ものすごくよく晴れている。

窓を開けないと、温室のようになって暑いくらい。

もったいないのでシーツとバスタオルを洗濯し、屋上に干した。

なんだか今朝は、やけに海が近く見えた。

山も、この間アリヤマ君たちがいらしたときとは色が違う。

黄土色や赤茶、茶色が増えてきたような。

すっかり葉っぱが落ちた裸の木が、あちこち増えてきたからか。

ブリの照り焼き
ハムエッグ
味噌野菜スープ

もうすぐ、このアパートメントにはじめて来た日がやってくる。

今、日記を遡ってみたら、去年の十二月九日だった。

大阪の心斎橋の本屋さんでトークイベントがあった日に、ここに下見にやってきた。

屋上にも上った。

あのときの山は、もうちょっと茶色がかっていた気がする。

部屋の中に足を踏み入れ、窓からの景色を眺めたあの日、すでに、ここへ越してくるような気がしていた。

ぼんやりとだけど、お腹の底の方に、強く、太く。

だから、トークに来ていたお客さんのある青年から、「高山さんが行ってみたい国はどこですか?」と質問されたとき、「ここです。というか、神戸です」と答えた。

そして、神戸に越してくるだろうことを話した。

「まだ秘密ですが」と言いおいて。

そしたらみなさん、本当に秘密にしておいてくださった。

神戸に住んでいる方から、励ましのメールもいただいた。

あのときは、みなさん、ありがとうございました。

今日は、あちこちにメールを送ったり、お返事したり、明日のトークショーの準備などをしているうちに、お昼になってしまった。

このごろは、一日がとても早く過ぎる。

それはきっと、日が短くなったせいだ。

ここでは、太陽と共に過ごしているから。

屋上に洗濯物をとり込みにいったら、西の端っこの海がキラキラしていた。

太陽は今、その真上にあるんだな。

まだ二時なのに、夏だったら六時くらいの場所にある。

だって、今朝の十時、太陽はすでに真上にあった。

日記も書きたいし、「ワンダフルコウベ」の作文も、早く仕上げをしなければ。

なんだか、太陽にせかされている感じがする。

夜ごはんは、おでんカレー（おでんの残りにゆで卵とトマト、カレールウを加えた。おでんはこれですべて食べ切った）、ご飯、白菜と人参のサラダ。

明日は、梅田の蔦屋書店さんで、『帰ってきた 日々ごはん②』のトークショーがある。

その前に六甲道の駅で、新幹線の帰りの切符を買う予定。

今夜は早めにベッドに入ろう。

おでんカレー
ご飯
白菜と人参のサラダ

十二月五日（月）
快晴のち曇り

明け方に、ちょっといやな夢をみた。

年上の女の人にいじめられる夢。

その人に何かを質問され、私はちゃんと答えようとする。

でも、心にあるままを正直に言葉にして答えても、機転をきかせ、その人が喜びそうなふうに答えても、ちっとも納得してくれない。

いいがかりをつけられ、私が口ごもるとどんどん口調が荒くなって、机をたたいたりする。

その人は、顔も様子も『ムーミン』に出てくるフィヨンカさんに似ていた。

もう、何をしてもだめだと分かるから、私は逃げるのだけど、逃げても逃げても追いかけられ、うちに隠れていても、手下のような女の人たちがどかどかと入ってきて、着ている服を脱がされたりした。

それは、どうしようもなく辛く、私がこの世からいなくならなければこのルーティンは終わらない、それしか解決策はないんだ……と、体で感じさせられたような夢。

いじめている側も、本人の意志では止められず、どうしようもできないんだろうなという感じがした。

人間の心に潜む、ものすごく悪いもの。どす黒いもの。

そういうのが、世の中には確かにあるっていうことも、よく分かった。

（いい気になるなよ！）という、忠告の夢なのかもしれないけれど、実際にいじめを受けている人の気持ちが分かったのは、よかったと思う。

ずっと前にも私は、戦争中に娼婦だった夢や、ホームレスの外人の女の子だった夢をみた。

そのときにも実感として、生々しい感覚が体に残った。

夢の中のこういう体験が、お話を書くときに役に立つんだと思う。

いやな気持ちのまま起きるのはいやだから、もうひと眠りしたら、十時まで寝てしまった。

カーテンを開けると、猛烈に明るい。すみずみまで海が光っていた。

ものすごく目が腫れている。

あちこち掃除をし、洗濯物もたっぷり干した。

コーヒーをいれて、「ワンダフルコウベ」の作文の仕上げをやった。

きのうの梅田蔦屋書店さんでのトークは、とても楽しかった。

「あなたの日々のごはん」と題して、日々のごはん作りのことについて、参加者からの質問を読み上げたり、私が思いついたことを答えたり。質問をくださった方に、お喋りしてもらったりした。


引っ越してから、ぽつぽつと記録しておいた私のごはん写真も、スライドでお見せした。

それを見ながら、また、質問に答えたり。

関西のファンの方たちは、積極的に話しかけてくださって、気持ちがよかった。

サイン会に並んでくれた方々も、なんだかとても朗らかだった。

そういう明るい空気が、私にも伝染したのかもしれない。

そしたら今日、とっても嬉しいメールが届いた。

ご本人に了解を得て、ここに一部を載せさせていただきます。


こんにちは。

初めてお便りします。

昨日のトークショーに参加しました○○と申します。

高山さんのお話の内容もさることながら、立ち居振る舞いがとってもとってもかわいくて、なんだかそれをとっても伝えたくてのお便りです。

軽やかな足取りでふわっと登壇され、緊張とワクワクが混じった顔でこちらを見渡されたとき、なぜか「赤毛のアンみたいや！」と思いました。

茶色の編み上げ靴とワンピースのせいかもしれません。

いまちょうど図書館で借りたアンを読んでいるので、「アンが実際におったんや！」と、私は胸がきゅんっとなりました。

ところが、その後お話をされる姿は、魔女の宅急便のキキみたいなんです。はにかんで、説明して、笑って、思い出して……という表情や、なんでしょう、ワンピースの姿がキキちゃんだったんですね。

ちょっとやんちゃで面白がりな女の子が、自分の毎日を一生懸命話してくれてる感じなんです。

ところがところが、サラダのお話、「ガサッと盛り付けてドレッシングをかけるだけが、一番きれいなんですよ」。この時だけ、とってもロックでした。ロックな女でかっこよかったんです。

ふわ〜っと穏やかに聞いてた心に、ビリリッと電気が走りました。

少女のようで、かわいらしくて、でもロックで、そんでもって年齢と経験を重ね続け

玉ねぎの丸焼き
じゃが芋のチーズ焼き
ポレポレ坐の焼きソーセージ

てるってもう最強じゃん、かなわん。

と、思ったんです。

昨夜、我が家の夕食は湯豆腐でした。

煮汁アレンジの術を流用して、今日の一人昼ごはんは、湯豆腐の残り湯を使って和風カレーにします。

大きなお皿にガサッとロックによそって食べます！

まとまりのない文章でごめんなさい。

でもとにかく、昨日のトークショーに行けて良かったということが伝われば幸いです。

ありがとうございました。


私は、関西の方たちの底抜けの朗らかさ、おもしろいことを言って、相手を笑わせないと、引っ込みがつかないというようなサービス精神を、尊敬しています。

私もいつか、そういうことがサラッとできるおばちゃんになりたいと願います。

でもきっと、いつまでもできないんだろうな。

今日は、夕方の六時くらいに、中野さんがいらっしゃる。

夜ごはんは、玉ねぎ（アムが送ってくれた北海道の）の丸焼き、じゃが芋のチーズ焼き

（にんにくとじゃこをバターで炒めてふりかけ、チーズをのせて焼いた）、焼きソーセージ（「ポレポレ坐」のカフェで出している「共働学舎」の）、大根とトマトの重ねサラダ。

十二月八日（木）晴れ

今、うちにはクリスマスツリーがある。

おとつい中野さんと森に入り、取ってきた。

今まででいちばん奥の方まで上ってみた。そこには、ダムらしきコンクリートの壁があった。そこでいき止まり。泉もあった。

木は、その泉の近くで中野さんがみつけた。

モミの木ではないけれど、腰の高さくらいの、か細い枯れ木。

たぶん、何かの木のヒコバエなのかな。枯れ葉が少し残っている。虫食いのあとがレースのようで、とてもきれいな枯れ葉だ。

この木をガラスびん（中野さんが天使の絵を描いた）に立て、銀色の紙の長靴（「空色画房」の近所のアンティークの小物屋さんで、子どものころに飾っていたような古い電飾や、セルロイドのブローチなどを買ったら、おまけでくださった）、小屋、クマの人形、鳥の羽根なんかをちょこちょこと飾っている。

今朝も、起きてすぐに飾った。

おとついは、クリスマスソングをかけながら、中野さんとずっと飾りつけをしていた。

私はクリスマスの前に、こういうことをずーっとやりたかった。

北海道のアムちゃんみたいに。

スイセイといたときだって、別にひとりでやってもよかったのに、なんだかできなかった。

きっとこういうの、うっとうしいだろうなと思って、遠慮していた。恥ずかしかったのかもしれない。

中野さんは二泊していかれた。

その間、東京の「ギャラリーハウスＭＡＹＡ」での展覧会の準備をしたり、作戦会議をしたり。

私は「ことば」を清書して、熊谷さんに送ったり。

お昼ごはんを食べに「かもめ食堂」へ行き、「めぐみの郷」に買い物に行ったり。

きのうは、新開地の駅から湊川の商店街を通り、山に向かって温泉があるあたりまで歩いた。

山の中腹の展望台で空を仰ぎ、トンビを見たり、ツリーに飾る赤い木の実や、何かの植物の綿毛（帰ってから、雪に見立てて飾った）を拾ったり。

帰りは川沿いの小道を歩いた。

とちゅうで、お地蔵さんを何体も奉《まつ》っている祠《ほこら》があり、今朝供えたのだろうなと分かる新鮮な花やお水があった。

とてもきれいに掃除され、このあたりの人たちが、愛着を持ってお世話をしている感じがした。

小学校が近くにあり、子どもたちが道で遊んでいたり、公園でサッカーをしていたり。なんだかそこは、無垢な空気が流れている小道だった。

新開地の駅のいつものお店で軽く呑み、改札でお見送り。

六甲に着いたときにはもう真っ暗だったけれど、タクシーには乗らず、ゆらゆらと坂を上って帰ってきた。

今日は、朝からたまっていたメールの返事を書いたり、十一日にギャラリー「MORIS」でやる料理教室（ロシア餃子を作ります）のためのレシピ書きや、試作の準備をしたりしているうちに、あっという間に暗くなってしまった。

明日は、東京からマキちゃんが泊まりにくる（料理教室を手伝ってくれる）。

楽しみだなあ。

焼きそば
おにぎり（ゆかり）
蕪の葉のごま和え

夜ごはんは、焼きそば（冷麺の麺を半分残しておいたもので。油揚げ、椎茸、水菜、オイスターソース）、おにぎり（ゆかり）、味噌汁（じゃが芋、ねぎ）、蕪の葉のごま和え（いつぞやの残り）、たくあん。

十二月十三日（火）
曇りのち雨

ゆうべは雨が降ったみたい。

道路が濡れている。

いろいろなことがあり、ぜんぶ楽しく、そして慌ただしく、ずっと日記が書けなかった。

作文の仕事もひとつ抱えていたし。

それもゆうべ、どうにかできた模様。

今日は仕上げをやって、夕方までにはお送りしよう。

「ＭＯＲＩＳ」の料理教室は、とっても楽しかった。

前の日には、六甲道までマキちゃんと歩き、あちこちまわって買い物をした。

「めぐみの郷」では野菜類、牛肉屋さんで牛スネ肉、駅ビルの中にある輸入食材のお店で白ワイン、「コープ」で粉類…… あとはどこに行ったのだっけ。

帰りに「MORIS」に寄って、打ち合わせをしたり、ロシアの写真をスライド上映できるかどうか確かめたり。

タクシーで帰り、牛スネ肉でスープのだしをとりながら、シチー（ロシア風の具だくさんスープ）の具を刻んだり、ロシア餃子の玉ねぎを刻んでおいたり、サワークリームを作ったり。

私はとちゅうでくたびれが出てしまい、マキちゃんに弱音を吐いたりもした。

前の晩には、「かもめ食堂」のおふたりが、スープストック用の寸胴鍋を持ってきてくださったし、「プチブレ」さんのおいしいパンも、今日子ちゃんが予約をしてくれた。

「MORIS」のキッチンで、窓からの景色を眺めながら料理するのはとても心地よく、参加者の人たちもみな気持ちのいい方たちばかりで、料理もすべておいしくできた。

ひさしぶりの料理の集いは、とっても楽しかったのだけど、マキちゃんがいないと、とてもひとりではできなかったし、六甲村のご近所さんみなさんの助けがないとできなかった。

そんな会でもあった。

今、作文の仕上げをやっていたら、雨が降ってきた。

心静かな雨。

空も海も建物も、すべてがまっ白。

展覧会の準備をするには、ちょうどいい日和。

明日から、いよいよ東京。

十四日から十九日まで出かける。

「ギャラリーハウスMAYA」さんで、『たべたあい』の原画の展示と、「絵とことばで織りなす交感展覧会」がはじまります。

あとで、ベッドの中で作文の原稿を読んだり、ライブペイントで読む「ことば」をイメージしたり、お昼寝もしようと思う。

まだ、分からないのだけど、もしかすると新しいお話が出かかっているような気もする。

中野さんには極秘なのだけど、出できたら、ライブペイントで読もうかな。

夜ごはんは、記録するのを忘れました。

十二月二十二日(木)
曇りのち雨

東京からは十九日の夜に帰ってきた。

パソコンを持っていったのだけど、毎日いろいろなことがありすぎて、なんだかちっとも日記が書けなかった。

今日もまだ、なんとなしに落ち着かないので、東京でのことは余裕が出てきたら少しずつ書いていこうと思う。

きのうは、「おいしい本」の原稿を書いた。

MARUUさんの『うさぎのまんが』について。

自分でも驚いたのだけど、一日で書くことができた。

しかも、二時間くらいの間に。

自分の中ではもっともっと長かったのだけど、時計を見たら、二時間しかたっていなかった。

『うさぎのまんが』をはじめて読んだときから、強く感じていたことがある。

それは、他の本では感じたことのない、『うさぎのまんが』にしかない確かなことで、書きたいのはそのひとつだけだった。

だから、その気持ちを言葉に変換しさえすればよかった。

でも、いつもならその変換がなかなか大変で、三日も四日もかかるのに。

東京でも、わざと何も考えないようにしていたし、きのうもただ『うさぎのまんが』をもういちど読んでいただけ。

どうしてなんだろう。

今朝は、ぐっすり眠って八時半に起きた。

郵便物を確認して、原稿を三本校正し、ファックスを送ったらもう三時。たまっていたメールの返事もお送りした。

それでもどうしても図書館に行きたかったので、雨が降っていたけれど、行ってきた。

六甲道から電車に乗り、住吉の大きい方の図書館へ。

クリスマスが近いから、襟に毛皮がついたコートなんか着ていってしまったけども、とても暖かく、たくさん歩いて汗をかいた。

たっぷり買い物し、タクシーで帰ってきた。

家に着いたのは六時過ぎ。

りうが送ってくれた蓮根で、肉巻きフライがどうしても食べたかったので、すぐに作りはじめた。

肉を巻かないのも作って、揚げたてをすぐ食べた。

肉は巻かなくても、充分においしかった。

というか、巻かない方がおいしいくらいだった。

厚切りの蓮根のフライは、牡蠣フライよりおいしい。

蓮根フライ
蓮根の肉巻きフライ
蓮根キンピラ

そして兵庫のウスターソース（イカリ印）は、東京のよりも味が穏やかで、たっぷりつけてもソースだらけの味にならないところが大好き。
夜ごはんは、蓮根フライ、蓮根の肉巻きフライ、せん切りキャベツ、蓮根キンピラ（いつぞやの）、納豆、大根とワカメの味噌汁、新米。

十二月二十三日（金）
晴れいち時雨、雹《ひょう》

ベッドの上で洗濯物をたたんでいたら、お天気雨が降ってきた。
どこかで虹が出ていないかなあと、何度も外を見た。
雨が止んだとき、梢《こずえ》にたまった雫が逆光に透かされ、ひと粒ひと粒が光っていた。
絵本の世界みたいに、うそみたいに、きれいだった。
太陽が雲に隠れると、光は消える。
そして顔を出すと、また光る。
キラキラキラ　キラキラキラキラ。
そのあとで雹も降った。
雹が降ってきたときは、あたりが急に暗くなり、バラバラバラバラと音がして、私は慌てて二階に駆け上った。

窓から腕を出すと、雨粒に混じって氷の粒が肌に当たり、すぐ溶けた。

空を見たり、雨を見たり、海を見たりばかりして、今日の私はいったい何をしていたんだろう。

部屋の中をイルカみたいに泳ぎまわり、パソコンの前に座ったり、ツリーの飾りつけをちょっとだけしたり、掃除をしたり、流しを磨いたり。

自由に、自由に、動いていた。

時間がたつのがとてもゆっくりで、まだ一時か、まだ二時か……と思いながら。

不思議なお天気のせいだろうか。

そうか、そういえばゆうべも不思議だった。

たたきつけるような雨が降っていて、風もとても強く、風呂上がりに窓を開けたら、紅い落ち葉がピューッと宙を舞い踊り、下の道路の木もめちゃくちゃに体を揺らし踊っていた。

大笑いしたいような風だったけど、寝室がびしょびしょになったらいやだから、窓を閉めて寝た。雨と風の音を聞きながら。

体が音に重なって、溶けていくようだった。

ちょっと目が覚めても、またすーっと眠りに入り、夢の中。

雨と風の音は眠り薬だ。

東京でのことを書きたいのだけど、どうも書けない。

私は六甲に帰ってきてからこっち、体の中が入れ替わったみたいに仕事らしいことが何もできず、感じるのだけにただただ忙しい。

行き当たりばったりに、とりとめなく動いているようでいて、とても実があることをしているような。

とても満足できているような。

そうそう、掃除をここまで（一階の部屋の半分を雑巾がけをした）と決め、ミルクティーを沸かし、窓辺に腰掛けて食べたフルーツケーキのなんとおいしかったこと。

このケーキは、東京でトークイベントをした「Ｔｉｔｌｅ」のカフェでアルバイトをしている女の子がくださった。

よくねかされたいろいろな果物が、ちょうどいい具合に合わさり、スパイスもほどよく感じられ、寒い国の森に育つ樹液みたいな、長い年月がかかって茶色くなった砂糖みたいな、ねっとりと熟成された甘みだった。

クリスマス間近にぴったりの味。

蓮根の肉巻きフライ（ゆうべの）
大根とワカメの味噌汁（ゆうべの）
冷やご飯

そうそう。きのうから、末森樹君のCDもエンドレスでかけている。

クリスマスの曲ではないのに、今にぴったり。

まるで、この部屋で弾いているみたいなギターの音。

空や雲や、雨や太陽に対して何の邪魔もしない、ただただ心地よい音楽。

そういえば、今朝は起きぬけから自由だった。

ベッドに寝そべったまま空を見上げていた。

青空を背景に、雲が、それこそもくもくとできつつあるところを、延々と見ていた。

そのまま、きのう図書館で借りてきた絵本を読んだ。

ああ、ますます東京でのことが書けない。

東京でも、とても楽しかったのに。

夜ごはんは、蓮根の肉巻きフライ（ゆうべの）、白菜の塩もみ、大根とワカメの味噌汁（ゆうべの）、冷やご飯（ゆうべのうちにお弁当箱に詰めておいたのに、ふりかけとすりごまをふり、大根葉のおかか炒めとたくあんをのせた）。

今夜もまた、『ムーミン』を見ながら食べた。

テレビが壊れている（正しくはチューナーの故障）ので。

十二月二十四日（土）曇り

七時半前にカーテンを開けたら、大きな太陽が海の近くにあった。

冬の陽の出って、もしかしたら海から昇るんだろうか。

明日、確かめてみよう。

冬は空気が澄んでいて、何もかもがくっきり見える。

曇りの日でも、雨も、風も、くっきりと見える。

見えるというより感じられる。

だから、ちゃんと見なくちゃもったいない。

洗濯物を干していて、ふと思った。

ていねいな暮らしとか、ていねいに生きるとか、ひところよく言われていたけれど、私はずっとへんてこりんな感じがしていた。

掃除をきちんとしたり、規則正しく生活したり、料理をこしらえてちゃんと食べたりすることは、「ていねいに」ということと、簡単にはつながらないような気がしていた。

そういう、人がするようなことではないんだと思う。

もっと、大きなものに寄り添うことのような。

もしも「ていねいに」ということが、生きることの中にあるとしたら、一日の間でも大

蓮根チャーハン
ほうれん草のごま和え

きく移り変わっていくお天気のような、人知ではははかりしれないようなものごとを、しっかり受け止め、感じること。

ごはんをちゃんと作ろうとしたり、掃除をしなくちゃと焦ると、見逃してしまうようなこと。

だから、ごはんをきちんと作らなくても、掃除をしっかりしなくても、寝坊しても、ぐだぐだと暮らしても、引きこもっていても、ていねいに生きられる。

どうなんだろう。

今日は、十一時半に美容院を予約している。

ちょっと早めに出て、この間、中野さんと散歩したときにみつけた、古くて小さな可愛らしい教会が、どの道にあったのか確かめよう。

今夜は、クリスマスのキャンドル礼拝に行こうと思って。

図書館にも寄って、クリスマスの絵本を借り、明日のごちそうの買い物をしてこよう。

たしか「めぐみの郷」で、地鶏の骨つきもも肉が安く売っていたような。

夜ごはんは五時半に食べた。

教会のクリスマス礼拝が七時からなので。

蓮根チャーハン（蓮根キンピラとソーセージで。早めに作って、お弁当箱に詰めておいた)、ほうれん草のごま和え、スパゲティ(鮭、玉ねぎ、白菜)の残りのオムレツ(ケチャップかけ)。

十二月二十五日(日) 晴れ

ゆうべは早夕飯を食べ、教会のキャンドル礼拝に行ってきた。

坂をてくてく下りているとき、寒いからか夜景がくっきりと光っていた。

キーンとした冷たい空気の中、六時を知らせる教会の鐘が、ゆっくり鳴り響いた。

カラーーン　カラーーン。

坂を下りるまで誰にも会わず、車も通らなかった。

神社の前のカーブのところで、ひとりとだけすれ違った。

サンタクロースの格好をしたピザ屋の配達のお兄さんが、バイクに乗って坂を下りてきたので。

教会の受付のおばさんに、「はじめて来ました」と伝えたら、「ようこそ、いらしてくださいました」とあたたかく迎えられ、小さなロウソク立てを手渡された。

ロウソク立ては、アルミホイルで手作りしてあり、柊《ひいらぎ》の葉と赤い実が飾ってあった。

中に入ったら、そこは子どものころに通っていた教会によく似ていた。

さほど広くはないのに、天井が高いところ。しんとした空気も、匂いも。

ロウソクの小さな灯火を掲げ、知らない人たちに混じって賛美歌を歌うのは、厳《おごそ》かで、ゆったりとして、とてもいい気持ちだった。

知らない歌も、声を合わせ適当に歌った。

太い声の男の人がいて、アルトの美声を響かせていた。

メロディーだけはよく知っている曲に、とてもいい詩がついている賛美歌を、私は得意げに高らかに歌った。

ああベツレヘムよ
ちいさなまち
しずかなよぞらに
またたくほし
おそれにみちた
やみのなかに
きぼうのひかりは
きょうかがやく

下仁田ねぎの天火焼き
南部風フライドチキン
ロメインレタスのサラダ

帰りに「MORIS」の灯りがついていたので、今日子ちゃんとしばしお喋りし、ふたりでバスに乗って帰ってきたのも、じんわり嬉しかった。

あと、教会へ行く前に、すばらしいお花屋さんに入った。

ここは、とてもいい匂いのするところ。

中に入ったとたん、広々とした森の奥にひとりでいるみたいになった。

このお店のご夫婦は、今日子ちゃんとも、「かもめ食堂」のおふたりとも、みんな友だち。

パン屋の「プチブレ」さんも、「六珈」さんも、みんな六甲村の仲間たち。

なんだかちょっと、ムーミン谷みたい。

今日は、夕方から中野さんがいらして、クリスマス会とお誕生生会をする。

メニューは、下仁田ねぎの天火焼き、蓮根フライ、南部風フライドチキン（地鶏の骨つきもも肉で）、大根の塩もみサラダ、ロメインレタスのサラダ、イタリアのスパークリング・ワイン（赤の辛口をみつけた）の予定。

十二月二十八日（水）晴れ

とてもよく眠って、柱時計が八つ鳴ったので起きた。

カーテンを開けたら、雪が舞っていた。

白い花弁のような雪が、風に舞う。

上から下から斜めから。

少しではなく、たっぷり。

空は青く、晴れているのに。

ここに越してきてから、お天気雨をよく見るようになったけど、お天気雪っていうの、私は生まれてはじめて見た。

それとも、こういうのことを風花っていうのかな。

朝ごはんのトーストに、バターと花梨《かりん》のジュレをのせて食べた。

すごーくおいしい。

このジュレは、クリスマスイブの晩に今日子ちゃんからいただいた。

大きな鍋で花梨の実を煮て、次の日に漉《こ》して、砂糖やペクチンを加え、ゆるく固めたのだそう。

「花梨を煮ているとき、ものすごくいい匂いがするんですわ。そしてその汁は、ルビー色なんです。ルビー色ですよ！」

「ルビー色」のところで、顔の前で花が開くように手を動かしながら、今日子ちゃんがキラキラと言っていたのを思い出しながら食べた。

太陽にかざすと光る。

まさに、指輪のルビー色ですわ。

二十五日には、中野さんがいらしてからすぐに、ツリーの飾りつけの続きをやった。

今年、あちこちで拾っては、部屋に飾っていた木の実や、フクロウの形をした木の欠片、小枝、どんぐりなどに中野さんが小さなフックをつけ、私は糸を通してひとつずつぶら下げていった。

落ち葉がきれいなまま残っているのには、茎のところに糸を結んでぶら下げた。

金色の小さな玉にも、糸を結んでぶら下げてみた。

賑やかになったところで、白い羽根や綿毛を雪に見立てて上から降らせた。

「かもめ食堂」さんにいただいた、不思議な形の黄色い花（今朝、ゴミを出しにいこうと玄関を出たら、ドアの外にこっそりと置いてあった）や、加奈子ちゃんから送られてきた大きな松ぼっくり、お花屋さんで買った濃紫色の蘭の花（バンダ蘭という）、教会の模型、ロシアの人形などまわりに飾って、電飾をつけたら、祭壇のようになった。

アノニマ・スタジオの村上さんから届いた、ツリーの飾り人形は、暖炉（温水ヒーターだけど）の上に金の玉のモールをロープーウェイのように吊って、そこにぶら下げた（中野さんがやった）。

中野さんからも、細々といろいろな素敵なものをもらった。

「プレゼントは、このひとつだけですよ」というように、バラバラとくださり、最後には手品のように絵が出てきた。

絵は、四つん這いのなみちゃん（『どもるどだっく』の原型になった絵）が五十八歳になったみたいな、クリスマスの自分。

なんだか、絵本の中みたいに、忘れられないクリスマスとなった。

私は子どものころからずっと、本当はこんなにクリスマスが好きだったのに、なんで今までしてこなかったのかな。

というわけで、クリスマスの飾りはまだ片づける気にならず、そのままにしてある。

そして、クリスマスのＣＤ（「ブロンズ新社」の酒井さんにいただいた。女の人のボーカルの、あんまりクリスマス、クリスマスしていない曲）もまだかけ続けている。

さて、そろそろたまっている日記をやろう。今日の分は、夜ごはんを記録できないけれど、もうスイセイに送ってしまうことにします。

十二月二十九日（木）曇り

起きぬけにふと思い立ち、ツリーの片づけをした。

明日から実家に帰るし、戻ってきたらもう新しい年なので。

そしてすぐに、『ほんとだもん』の打ち合わせもあるので。

小屋やクマなどの細々とした人形の飾りをはずし、箱にしまった。

木の実や枯れ葉は、また来年飾ろうと思う。

白い羽根と綿毛だけ残しておいて、裸になった枝に雪を降らせたら、なんだかお正月らしい飾りになった。

それだけでは淋しいので、赤い実やどんぐりなんかもちょっと吊るしてみた。

あとであちこち掃除をし、今年最後の紙ゴミを出したら、旅の支度をしなくては。

一時ごろ、「ＭＯＲＩＳ」のヒロミさんが、ミンスパイを届けにきてくださった。

今年はとてもお世話になったので、こちらからご挨拶にいかないとならなかったのに。

紅茶をいれ、加奈子ちゃんから送っていただいたフルーツケーキでしばしお喋り。

思いがけず楽しい時間だった。

そのあと、リトルモアから届いた絵の梱包をほどいた。

長距離の移動に耐えられるよう、一枚一枚の絵がとてもていねいに、頑丈に包まれてい

カレーライス
らっきょう
福神漬け

て、なんだか感動した。

年末の大忙しの中の作業は、きっとたいへんだったろうと思う。

今年は、いろいろあったけれど、どうにかここまでくることができた。

年末モードに入っているからなのか、今日はことさら、いろいろなことに感謝したくなる。

なので、気持ちを込めて雑巾がけをした。

東京の友人たちと、仕事仲間に。

こちらでお世話になっている、六甲村のみんな。

絵本の編集者。

私を中野さんに出会わせ、ここまで連れてきてくださった、どなたか分からない大きなものに。

そしてスイセイに。

夜ごはんは、カレーライス（ゆうべの豚汁の残りを薄めてソーセージを加え、カレールウをひとつ）、らっきょう、福神漬け、キャベツのサラダ。

十二月三十一日（土）晴れ

きのうの午後、実家に帰ってきた。

母は先に寝てしまったので、今年はみっちゃんとウイスキーをちびちび呑みながら、「紅白」を見ている。

ささやかだけど、お正月料理らしきものを作りながら、つまみをちょこちょこ出したりして。

これまでスイセイと毎年やってきたようなことを、みっちゃんを相手にやっている。

なんだか可笑しい。

「そろそろ蕎麦が喰いたいなあ」とみっちゃんが言えば、「いいよ。分かった」と返事して、いそいそと台所に立ったり。

カセットコンロに網をのせ、みっちゃんが仕事帰りに買ってきた、エイヒレと鮭トバを炙《あぶ》ったり、チーズのおつまみを出したり。

「先にお風呂に入っちゃうね」、とか言いながら。

今年の「紅白」は、「エックス・ジャパン」のヨシキという人と、聖子ちゃんの歌がとてもよかった。

高橋真梨子が登場したとき、「おー、出たねえー」とみっちゃんが喜んだ。

煮豚、煮卵
真鯛の昆布じめ
姉の年越しそば

高橋真梨子はスイセイも大好きな人だから、登場すると手をたたいて喜んでいたのを思い出し、なんだかますます可笑しかった。

最後の方に出てきた「ザ・イエロー・モンキー」というグループの歌が、大人っぽく落ち着いていて、歌詞もとてもよかった。

宇多田ヒカルもとても楽しみ。

夜ごはんは、煮豚、煮卵、真鯛の昆布じめ、白菜と大根のサラダ（市販の玉ねぎドレッシング）、姉の年越しそば。

お蕎麦とおつゆは、夕方姉が持ってきてくれた。

そうだった、そうだった。

うちの実家の年越し蕎麦は、人参と豚肉（姉のは鶏肉で、干し椎茸も入っていた）入りの、温かいおつゆのお蕎麦なのだった。

熱湯でさっと温め直したお蕎麦をどんぶりにあけ、煮立てたおつゆをかけて、天かすとねぎ、七味唐辛子。

子どものころから変わらない味が、とてもおいしく懐かしかった。

＊12月のおまけレシピ

姉の年越し蕎麦

トリガラ　干し椎茸　かつお節　鶏もも肉　人参　ゆで蕎麦（すべて適量）その他調味料

東京にいたころの年越し蕎麦といえば、スイセイの好物の会津の田舎蕎麦と決まっていました。ゆで立てをザルに上げ、冷たいつけ汁とワサビ、海苔、刻みねぎ、大根おろしやとろろ芋を添えていました。毎年、除夜の鐘が鳴りはじめるのを合図に、台所に立っていたっけ。あのころはいつも自宅で新年を迎えていたので、暮れに実家に帰省することは一度もなかったと思うのです。だから、姉が届けてくれた懐かしい年越し蕎麦は、本当に何十年ぶりかで食べました。姉は鶏肉ですが、母のはいつも、豚のバラ肉を人参と同じくらいに細く切ってありました。みなさんのおうちでも、こだわりの年越し蕎麦があると思いますが、ここでは、姉から届いたメールを「おまけレシピ」とさせてください。分量などはご想像におまかせします。

―― 姉より

これは、私が嫁いだときから多分変わらない、義母より受け継いだレシピです。だしは、トリガラとかつお節と干し椎茸の戻し汁。もちろん、化学調味料やだしつゆの力も借りているけどね。

具は、鶏もも肉のコマ切れと、人参のせん切りをたっぷり。干し椎茸のせん切り。あと、酒、みりん、砂糖、醤油、塩少々。

蕎麦はずっと決まった蕎麦屋さんから、毎年、義弟が20玉差し入れてくれるの。生の桜エビが手に入ったときは、ねぎとのかき揚げをたくさん揚げておきます。ねぎもたっぷりね。

よっちゃん（旦那さん）は天かすが必需品。うちの年越しと新年会では、これを楽しみにして〆に必ず食べる人が多いから、足りなくなって追加注文することもあるほど。

なんか得意になって書いていたら、40年近く自分なりにこだわってきたんだなぁと感心しちゃったよ。

＊このころ読んでいた、おすすめの本

『ハリネズミの願い』
トーン・テレヘン　訳／長山さき　新潮社
『陸にあがった人魚のはなし』
作／ランダル・ジャレル　絵／モーリス・センダック　訳／出口保夫
評論社
『僕はずっと裸だった』田中 泯　工作舎
『月夜のみみずく』作／ジェイン・ヨーレン　絵／ジョン・ショーエンヘール
訳／工藤直子　偕成社
『ヤマネコ毛布』山福朱実　復刊ドットコム
『おもいでのクリスマスツリー』
作／グロリア・ヒューストン　絵／バーバラ・クーニー　訳／吉田新一
ほるぷ出版
『うさぎのまんが』MARUU　祥伝社
『かばくん』作／岸田衿子　絵／中谷千代子　福音館書店

あとがき

『帰ってきた 日々ごはん』も、早いものでもう六巻目となりました。あっという間に、『日々ごはん』の半分まで届いてしまいました。長かったような、短かったような。

今回は、神戸に引っ越してからの半年間の日記。

ここでの暮らしも三年半が過ぎた今、この巻を読み返しながら懐かしく思い出していました。

あのころは、真新しい場所の匂いを動物みたいに嗅いで、確かめていた日々でした。自分のことが頼りなく、不安でたまらなかった。

小さな小さな自分とは反対に、窓からの大きな大きな眺め。

毎朝、毎夕、ぐんぐんと移り変わる空や海の美しさに、目を見張っています。

いつもどこかしらが昂《たかぶ》っていたのでしょう。深く眠ることができず、おかしな夢もよくみています。思い切って神戸までやってきたのだから、新しいお話を生み出さないとと、知らず知らずのうちに自分に課してもいたようです。

今の私はもっとのんびりしています。お話というのは、心と体をふわふわさせているうちに、ぽこんっと生まれるものだと思うようになったから。

それでも、あのころによく使っていたボディーソープの匂いを嗅ぐと、今でも私は、強く握ったらぺしゃんこになりそうな自分のいる、ひりひりとしたところへすぐに落ちてゆけます。

当時は、「もと料理家でした……」なんて言って、料理の仕事もいっさいできなかった私ですが、電車に乗ってあちこちよく出かけています。今思うと、リハビリのような日々を送りながら、自分の立ち位置を具体的に確かめていたのかもしれないです。

驚いてしまうくらいイベントをたくさんしているけれど、絵本以外のことは何もせず、けっこう暇な時間がたくさんあったのだなあと感心します。

こうして絵本を作るようになった私のことを、いちばん喜んでくれていた母が、今年の七月、九十歳の誕生日を迎えてしばらくたったころ、天国へ旅立ちました。

この本の中でもところどころに登場し、あんまりつやつやと元気そうだから、「まるで、時計の針を逆まわししているみたいに、会うたびに元気になっているのが不思議なくらい」と書いています。『どもるどだっく』の読み聞かせのコツを教えてくれた、冬のはじめのあの日。母の口もとの動き、声まで、いきいきと蘇ってきます。

こういうときです。日記を綴ってきて本当によかったなあと思うのは。

今年も、中野さんのご実家の田んぼで採れた新米が届きました。まじめにだしをとり、今日は里芋や大根、玉ねぎを入れて具沢山の豚汁も作りました。

ほかほかの新米を炊いて、本の中の私みたいに、ひさしぶりに『ムーミン』を見ながら食べようと思います。

二〇一九年十一月　茜の夕空に牙のような月が光る宵《よい》

高山なおみ

◎ スイセイごはん

「なにぬね野の編」

えー、ただいま2019年秋。

朝、あたりが明るくなるのは6時だが、まだ気温が低いので、ぼんやりしながらゆっくりと起きる。

インスタント薄めコーヒーを700mlのポットに作り、それを飲みながら寝床脇のテレビやパソコンを流しながら、頭をうろうろさせる。

寝床脇のデスクを「コクピット」と呼んでいる。

コクピットには、パソコン、テレビ、ラジオ、電話機と、情報機器があって遠い場所の情報が入手できるのだが、その向こう側には部屋の現実の窓があり、天気や、訪問者の人影など、うちの外のこともわかるようになっている。

また、コクピットの左隣にはコンロが置いてあり、席を離れずに食べものの煮炊きすることもでき、食事もこの場でする。

つまり、「衣食住」の多くの「食住」がコクピットまわりで済ませられるようになっているのだが、これは限られたスペースで長時間を過ごす宇宙船パイロットのコクピットとそっくりではないかと自分では思っている。

だいたい8時に朝食、納豆パックに直に醤油を垂らし、(薬味省略)数回だけ混ぜて食す。

12時の昼食には、8枚切り食パンの2枚でトーストを焼き、マヨネーズで味付けして食す。

そして15時、1合ほどの米を炊いて、漬けものと生玉子でミニマム和食ながら、この日最高の楽しみ。

そして18時、今度はおかずだけの食卓。

このときは少々の酒もあるから、そのつまみのようでもある。

と、この1日4食スタイルに定まって1年くらいだろうか。

ここ、「野の編」は山梨県の片田舎で、近くには飲食店も食品店もなく、自炊をすることが一番楽で、安くて、且つ、おいしい。

食事は1日の楽しみでもあるが、生理現象でもある。

自分の排泄の面倒を自分で見るように、食事も自分で作ることのほうが当たり前だと思うようになってきた。

自分の痒いところを自分でかくようにして、自分の食べたいものを自分で作る。

ただ、食卓の豊かさと手間暇はセットであるが、その手間隙を、おれはそんなに掛けられない、掛けたくない。

すごく努力して、作り込まれたらしい料理に、おれの食欲は反応しない。

とても平凡で、たくさんあって安い食材を、さっさと楽に作られた料理、こちらのほうをうまそうだと思ってしまう。

さて、コクピットのある建てものは、築100年以上の中古民家、とうに畳は腐り、柱は傾いている。

この母家の前に、家数件分の広さの空き地、いわゆる耕作放棄地があり、これを「畑」と呼んで日ごろ手入れをしている。

すると、畑や母家まわりの植物、草、樹木、虫や鳥など、そしてその地面、土地も、またその上空も含めた全体を、ひとつの生きものと感じるようになってきた。

土地は、生きものだ。

でも、自分の全身を使い、多くの時間、年を費やし相対してもなかなかままならない、わからないことだらけの巨大な生きもの。

ただ、だから寂しくないのかもしれない。


そうして、畑から戻り、デスクワークをし、食の支度をする。

このごろ、もう16、17時にはあたりは暗い。

18時に最後の食事をすると、やがてまわりの空気にとろみがつ

いてきて、だんだん自由に動けなくなり、しまいには真後ろに
倒れてしまう。
するとそこにはすでにシュラフがあるので、それに潜って。
1日が終わる。

あしたを問われて明るい日と書く

2019年　スイセイ

スイセイ、そして落合郁雄工作所
発明家・工作家。広島市生まれ。

2002年、ホームページ「ふくう食堂」創業。

2003年、家内制手個人工業「落合郁雄工作所」起動。

2016年、高山なおみとの共著書『ココアどこ わたしはゴマだれ』(河出書房新社)。

現在、山梨にて自然を含めた工作の試み「野の編」展開中。

公式ホームページアドレス http://www.fukuu.com/kousaku/

高山なおみ 日記もの 年表　2002〜2020年

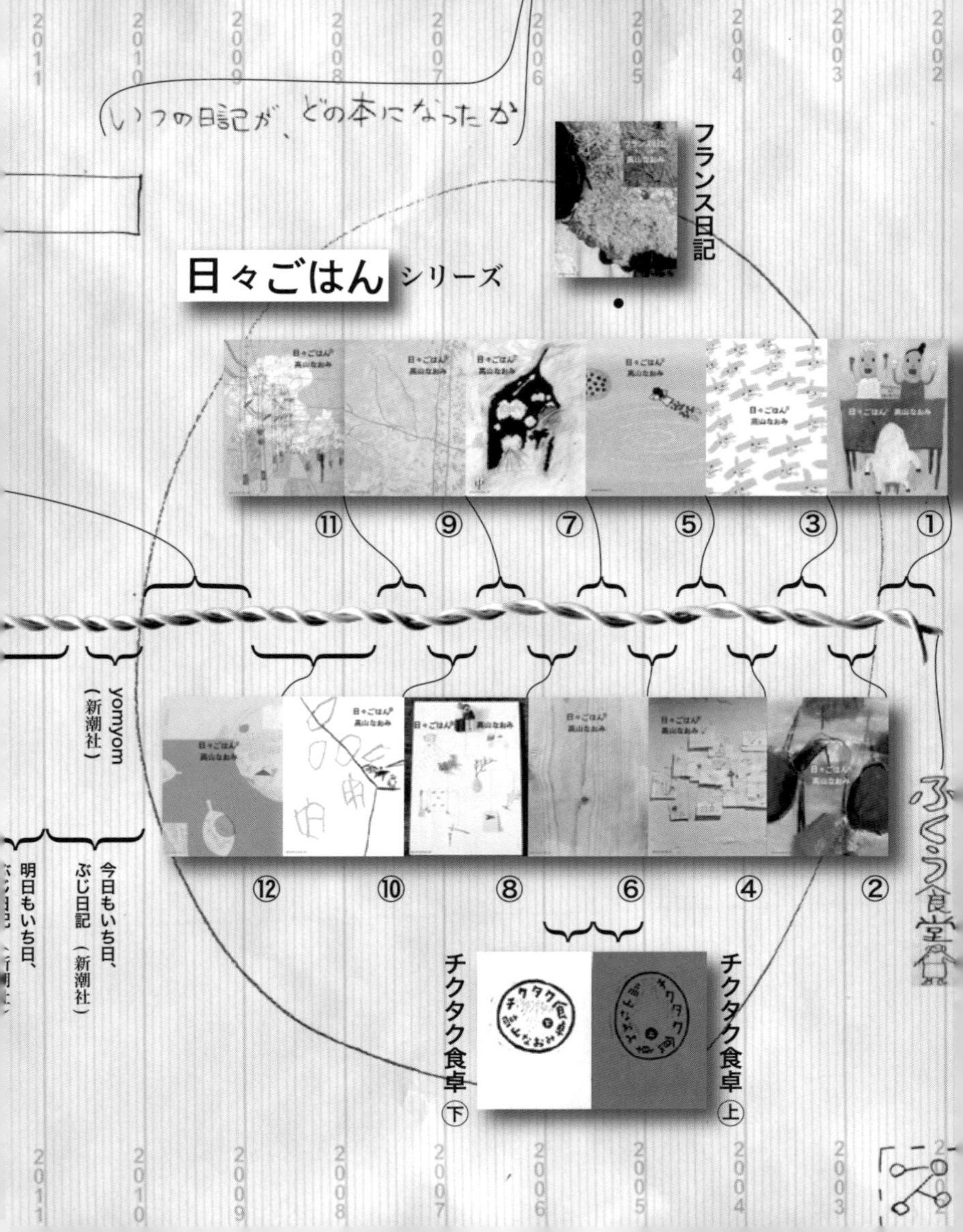

2020 2019 2018 2017 2016 2015 2014 2013

帰ってきた 日々ごはん シリーズ

⑤

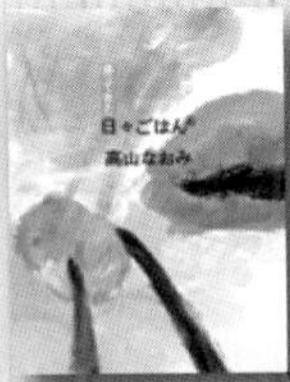

④

③

②

（新潮社）

ロシア日記（新潮社）

考える人／ウズベキスタン日記（新潮社）

きえもの日記（河出書房新社）

帰ってきた 日々ごはん⑥

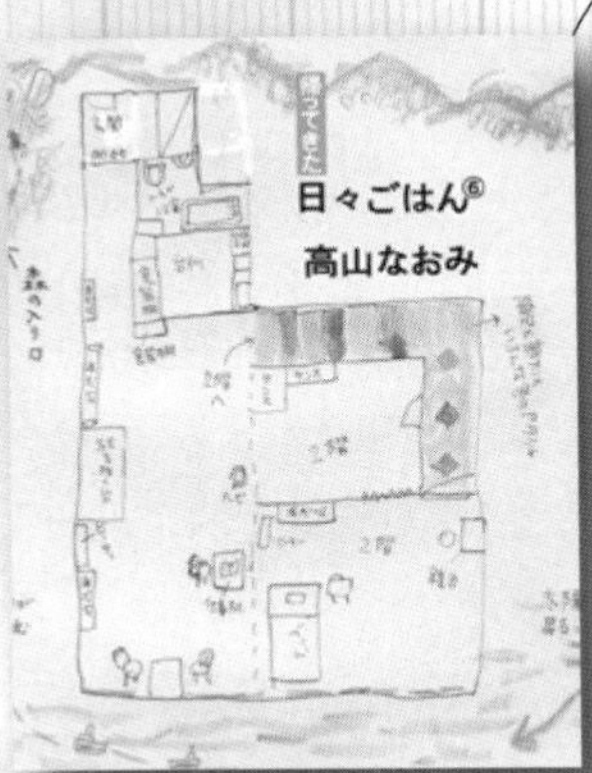

本書は、高山なおみ公式ホームページ『ふくう食堂』に掲載された日記「日々ごはん」（２０１６年7月〜12月）を、加筆修正して一冊にまとめたものです。

高山なおみ　1958年静岡県生まれ。料理家、文筆家。レストランのシェフを経て、料理家になる。におい、味わい、手ざわり、色、音、日々五感を開いて食材との対話を重ね、生み出されるシンプルで力強い料理は、作ること、食べることの楽しさを素直に思い出させてくれる。また、料理と同じく、からだの実感に裏打ちされた文章への評価も高い。著書に『日々ごはん①～⑫』、『帰ってきた 日々ごはん①～⑤』、『野菜だより』、『おかずとご飯の本』、『今日のおかず』、『チクタク食卓㊤㊦』（以上アノニマ・スタジオ）、『押し入れの虫干し』、『料理＝高山なおみ』（以上リトルモア）、『今日もいち日、ぶじ日記』、『明日もいち日、ぶじ日記』（以上新潮社）、『気ぬけごはん』（暮しの手帖社）、『新装 高山なおみの料理』、『はなべろ読書記』（以上KADOKAWAメディアファクトリー）、『実用の料理 ごはん』（京阪神エルマガジン社）、『きえもの日記』、夫・スイセイ（発明家・工作家）との共著『ココアどこ わたしはゴマだれ』（以上河出書房新社）、『たべもの九十九《つくも》』（平凡社）など多数。近年は絵本作りにも精力的に取り組んでおり、画家・中野真典との共作として『どもるどだっく』（ブロンズ新社）、『たべたあい』（リトルモア）、『ほんとだもん』（BL出版）、『くんじくんのぞう』（あかね書房）がある。『おにぎりをつくる』（ブロンズ新社）、『ふたごのかがみ ピカルとヒカラ』（あかね書房）を2020年1月に刊行予定。

公式ホームページアドレス　http://www.fukuu.com/

帰ってきた　日々ごはん⑥

２０２０年１月11日　初版第１刷　発行

著者　高山なおみ

発行人　前田哲次
編集人　谷口博文

アノニマ・スタジオ
東京都台東区蔵前２-14-14　２Ｆ　〒１１１-００５１
電話　０３-６６９９-１０６４
ファクス　０３-６６９９-１０７０
http://www.anonima-studio.com

発行　ＫＴＣ中央出版
東京都台東区蔵前２-14-14　２Ｆ　〒１１１-００５１

印刷・製本　株式会社廣済堂

ISBN978-4-87758-804-5 C0095

アノニマ・スタジオは、
風や光のささやきに耳をすまし、
暮らしの中の小さな発見を大切にひろい集め、
日々ささやかなよろこびを見つける人と一緒に
本を作ってゆくスタジオです。
遠くに住む友人から届いた手紙のように、
何度も手にとって読みかえしたくなる本、
その本があるだけで、
自分の部屋があたたかく輝いて思えるような本を。

anonima st.